Pferde-Internat Rosenberg
Band 6

Dagmar Hoßfeld

Pferde-Internat Rosenberg

Kiki und der Filmstar

KOSMOS

Umschlaggestaltung: Atelier Reichert
Unter Verwendung eines Fotos von Agentur Sorrel, Ebersbach, sowie eines Fotos von Joachim Eicke, Barkelsby, mit freundlicher Genehmigung der Schleswig-Holsteinischen Gesellschaft für Einrichtungen der Jugendpflege e.V.

»Kiki und der Filmstar« ist der sechste Band der Reihe »Pferde-Internat Rosenberg«. Siehe auch S. 128.
Weitere Bände folgen.

KOSMOS Postfach 10 60 11
D-70049 Stuttgart
TELEFON +49 (0)711-2191-0
FAX +49 (0)711-2191-422
WEB www.kosmos.de
E-MAIL info@kosmos.de

Dieses Buch folgt den Regeln der neuen Rechtschreibung.

Bibliografische Information der Deutschen Bibliothek
Die Deutsche Bibliothek verzeichnet diese Publikation in der Deutschen Nationalbibliografie; detaillierte bibliografische Daten sind im Internet über http://dnb.ddb.de abrufbar.

ISBN 3-440-09967-9
Lektorat: Carola Henke
Produktion: Ralf Paucke
Grundlayout: DOPPELPUNKT Auch & Grätzbach GbR, Leonberg
Printed in the Czech Republic / Imprimé en République tchèque

Die vier Freundinnen

Bente Brandstätter: blond, blaue Augen; neugierig. Überzeugte Tierschützerin und Redakteurin der Schülerzeitung. Ihr Pferd: die Holsteinstute Flippi, Fuchs, viermal weiß gestiefelt.

Karolin »Karlchen« Karlsson: Dänin, brauner Wuschelkopf; fröhlich, frech und aufmüpfig. Ihr gehört der dicke Norweger Schnute (genauso frech wie seine Besitzerin).

Kiki van der Slooten: Belgierin, schwarze Haare; Musikgenie, verträumt. Spezialität: Springreiten. Ihr Pferd: Torphy, ein dunkelbrauner Wallach.

Rebecca Mangold: raspelkurze Haare; ruhig, vernünftig, intelligent. Stipendiatin auf Rosenberg. Ihre Lieblingsdisziplin: Dressur mit ihrer Rappstute Karfunkel.

1

„Wenn diese Hitzewelle noch lange anhält, schmelze ich." Bente lag auf ihrem Bett und fächelte sich mit einem kleinen Handtuch Luft zu. „Nur eine kleine Pfütze wird von mir übrig bleiben, ihr werdet es sehen, und auch die wird spurlos verdunsten. Könnt ihr euch daran erinnern, dass es schon jemals zuvor so heiß gewesen ist?", fragte sie stöhnend.

Kiki schüttelte den Kopf. Sie trug ein ärmelloses T-Shirt und abgeschnittene Jeans. Kleine Schweißperlen liefen ihr die Schläfen hinunter. Träge wischte sie sie fort.

Rebecca seufzte. Sie betrachtete ein Terrarium aus Glas, das auf ihrem Schreibtisch stand und mit einem dunklen Tuch sorgfältig gegen die Sonne abgeschirmt war. „Wenn das so weitergeht, kann ich mein Schneckenstudium glatt vergessen. Schnecken brauchen Feuchtigkeit, um zu überleben. Diese hohen Temperaturen und die lang anhaltende Trockenheit bringen sie noch um."

Rebecca arbeitete seit kurzem an einem Biologie-Projekt für *Jugend forscht.* Es trug den Arbeitstitel: „Die Spanische Wegschnecke erobert den Norden. Fakten, Hintergründe und Analysen." Seit sie in einer naturwissenschaftlichen Fachzeitschrift einen Artikel darüber gelesen hatte, dass seit einigen Jahren eine ungewöhnlich starke Zuwanderung von südeuropäischen Schnecken nach Nordeuropa zu verzeichnen war, ließ das Thema sie nicht mehr los. Sie wollte herausfinden, warum die Weichtiere gen Norden wanderten, und vor allem, wie sie dies taten. Reisten sie unbemerkt im Gepäck von Touristen? Waren sie blinde Passagiere auf Schiffen oder Lkws? Rebecca wusste zwar noch nicht, wie sie den Weg der Schnecken analysieren sollte, aber sie hatte sich vorgenommen, so viel wie möglich über die, wie sie fand, überaus faszinierenden Tiere herauszufinden und eine Arbeit darüber zu schreiben. Auch wenn sie das Rätsel der Wanderung womöglich nicht lösen konnte, könnte sie durch intensives Beobachten der Tiere vielleicht ganz neue Erkenntnisse über deren Leben und Verhalten gewinnen. Die ungewöhnliche Hitze der vergangenen Wochen drohte allerdings, ihr sorgfältig geplantes Projekt zu durchkreuzen. Nur zwei lebende Nacktschnecken hatte sie bis jetzt gefunden – Carlos und Juan genannt –, die sie in ihrem selbst gebauten Terrarium liebevoll hegte und pflegte. Alle anderen Schnecken rund um den Rosenberg hatten sich entweder tief ins Erdreich verkrochen oder sie waren Opfer der Dürre geworden und schlichtweg vertrocknet.

„Vielleicht ist dein Juan ja eine kleine Juanita!“ Karlchen saß auf der Fensterbank und grinste. „Dann produzieren sie und Carlos ganz viele kleine Schneckenbabys und du kannst deine Forschungen mit ihnen betreiben.“

„Karlchen, Schnecken sind gleichgeschlechtlich“, erwiderte Rebecca. „Zwitter eben. Das ist doch vierte Klasse Sachkunde! Es gibt keine Männchen und Weibchen. Sie befruchten sich gegenseitig und legen Eier, aus denen dann die Babyschnecken schlüpfen.“

„Herzlichen Dank für den Privatunterricht.“ Karlchen verbeugte sich.

„Bitte sehr, gern geschehen.“ Rebecca zupfte an einem Salatblatt, das Juan und Carlos als Nahrung diente. Es war schon etwas welk und Rebecca entfernte gewissenhaft die braunen Ränder. Dann griff sie nach einer Plastikflasche und besprühte den Glasbehälter mitsamt den Schnecken mit frischem Wasser. Carlos und Juan reckten dankbar die Fühler.

„Wenn ich es schaffe, den beiden ein optimales, biologisch einwandfreies Umfeld zu schaffen, legen sie vielleicht wirklich Eier", murmelte sie. „Ich muss sie nur immer schön feucht halten."

Kiki, Karlchen und Bente sahen sich an und verdrehten kichernd die Augen.

Karlchen hüpfte von der Fensterbank. „Ich geh noch mal duschen", verkündete sie. „Gegen diese Bruthitze hilft nur regelmäßiges und zwar eiskaltes Duschen." In der Badezimmertür drehte sie sich um. „Soll ich Juan und Carlos vielleicht mitnehmen?", fragte sie freundlich.

Rebecca runzelte die Stirn.

Karlchen verschwand lachend im Bad. „War nur so eine Idee!", rief sie. „Von wegen Feuchtigkeit!"

Die ungewöhnliche Hitzeperiode hielt nun schon zwei Wochen an. Alle litten und stöhnten unter den hochsommerlichen Temperaturen. Die Internatsleitung hatte beschlossen, den Tagesablauf zu ändern und die Stundenpläne umzustellen. Die Mädchen und Jungen mussten schon um Viertel vor sechs aufstehen. Unterrichtsbeginn war für alle Klassen um sieben. Spätestens um zwölf, wenn sich das Thermometer auf seinen Höchststand zu bewegte, war Schulschluss. Dann gab es ein leichtes, meist kaltes Essen im Speisesaal und anschließend zogen sich die meisten Schüler zur Ruhestunde auf ihre Zimmer zurück.

Der Hausmeister hatte alle Fenster im Schloss mit Fliegengittern versehen, damit sie Tag und Nacht aufbleiben konnten. Doch da es seit Tagen absolut windstill war, brachte diese Maßnahme nicht den erhofften Effekt, im Gegenteil: Nachts war es in den Zimmern nun umso wärmer. Die dicken Mauern des alten Schlosses schienen die Wärme regelrecht zu speichern.

Alle sportlichen Aktivitäten, wie der Reitunterricht, fanden, wenn überhaupt, erst in den Abendstunden statt. Und die besonders anstrengenden und schweißtreibenden Sportarten waren bis auf weiteres ganz vom Stundenplan gestrichen worden.

Alle hofften, dass der Sommer bald ein Einsehen haben und ein ordentliches Gewitter zur Abkühlung schicken würde.

„Wisst ihr noch, wie schön es im Winter war?“, seufzte Kiki. „Bis zu den Knien sind wir im Tiefschnee versunken!“ Sie leckte sich die Lippen.

„Ja, Schnee und Eis wären schön“, meinte Bente. „Aber ein ordentlicher Regenschauer würde auch schon genügen. Die Pferde würden sich bestimmt darüber freuen.“ Sie stand auf und warf einen Blick aus dem Fenster. Die sonst so gepflegten Weideflächen rund um das Schloss waren trocken, das Gras verdorrt und gelb. Pferde und Ponys standen mit tief hängenden Köpfen im Schatten der Weidebäume und wedelten erschöpft mit den Schweifen – offenbar die einzige Bewegung, zu der sie sich aufraffen konnten.

Bente sah, dass sogar die großen Laubbäume im Park ihre Blätter hängen ließen. Sie wandte sich um. „Nicht einmal ein Bad im Meer würde jetzt Erfrischung bringen. Die Nordsee ist warm wie eine Badewanne.“

„Stimmt." Karlchen kam aus dem Badezimmer. Sie sah frisch und munter aus und setzte sich verkehrt herum auf einen Schreibtischstuhl. „Stellt euch vor: Stevens Klasse war gestern am Strand. Ein Mädchen hat einen Sonnenstich erlitten! Jetzt liegt die Ärmste mit Fieber und Schüttelfrost auf der Krankenstation!"

„Echt? Wie schrecklich!", sagte Kiki mitfühlend.

„Unsinn. Wer sich momentan ungeschützt der Sonne aussetzt, hat selber Schuld", meinte Rebecca ungerührt. „Wie kann man nur so doof sein? Jedes Kind weiß inzwischen, wie intensiv die Sonne brennt, vom Ozon mal ganz abgesehen!"

„Trotzdem wäre ein Ritt ans Wasser nicht zu verachten", nahm Karlchen den Faden wieder auf. „Es muss ja nicht das Meer sein. Wir könnten Herrn von Hohensee vorschlagen, an die Eider zu reiten. Am Fluss gibt es doch diese tolle, total schattige Badestelle. Dort könnten sogar unsere Pferde ein bisschen plantschen und sich abkühlen!"

„Hm, ja, ich glaube, ich weiß, welche Stelle du meinst. Sie liegt doch an unserer Laufstrecke, nicht?" Bente nickte. „Das ist wirklich ein schönes Plätzchen und gar nicht weit von hier entfernt. Wir fragen Herrn von Hohensee einfach mal. Mehr als Nein sagen kann er schließlich nicht."

Kiki blätterte verträumt im Rosenberg-Boten. Plötzlich sah sie auf. „Hey, wusstet ihr schon, dass zurzeit hier in der Gegend Dreharbeiten zu der Vorabendserie *Die Klinik am Meer* stattfinden?", fragte sie aufgeregt.

„Dreharbeiten? Fürs Fernsehen?" Bente horchte auf. „Das ist ja cool!"

„Ja, irre was?" Kiki setzte sich kerzengerade hin. „Henning Sandborg, ihr wisst schon, der Schauspieler, der den jungen

Assistenzarzt Dr. Wiltfang spielt, sieht unglaublich gut aus, findet ihr nicht auch?"

„Na ja, das ist ja wohl eher Geschmackssache. Mein Typ ist er jedenfalls nicht", erwiderte Rebecca trocken. „Meiner Meinung nach sieht er aus wie ein geleckter Affe."

Kiki warf der Freundin ohne Umschweife die Internatszeitung an den Kopf.

„War mir klar, dass du ihn nicht gut findest", murrte sie. „Ich wusste schon immer, dass du keinen Geschmack hast."

„Hahaha", gab Rebecca zurück.

„Wovon redet ihr überhaupt?", mischte Karlchen sich ein.

„Nicht *wovon*, Karlchen", korrigierte Bente, „sondern *von wem*. Henning Sandborg ist der smarte Typ, der momentan in jeder zweiten Zeitschrift abgebildet ist. Er spielt eine der Hauptrollen in dieser Klinikserie, wobei seine Hauptbeschäftigung allerdings zu sein scheint, möglichst vielen Krankenschwestern und weiblichen Patienten die Köpfe zu verdrehen und reihenweise deren Herzen zu brechen."

Karlchen winkte ab. „Ach *der*", sagte sie gedehnt. „Also, mein Typ ist der auch nicht gerade." Sie kräuselte die Nase und nieste. „Aber spannend ist es trotzdem, findet ihr nicht? Ich meine, dass hier so berühmte Leute in der Gegend rumlaufen und einen echten Film drehen, kommt nicht gerade oft vor."

Die Freundinnen stimmten ihr zu. Sogar Rebecca nickte.

„Ja, du hast Recht", sagte sie. „Es wäre bestimmt interessant, mal bei richtigen Dreharbeiten zuzusehen. Im Fernsehen bekommt man ja überhaupt keinen Eindruck davon, was so alles hinter den Kulissen passiert und wie viel Arbeit in einer einzigen Folge steckt."

„Steht im Rosenberg-Boten zufällig, wo die Dreharbeiten stattfinden?", erkundigte sich Bente.

Kiki schüttelte den Kopf. „Nee, leider nicht. Nur, dass das Filmteam sich ein paar Tage lang für Außenaufnahmen in der Region aufhält."

„Das gibt's doch nicht", sagte Karlchen. „Irgendwo da draußen wird ein echter Film gedreht und wir hocken hier in unserem Zimmer und schwitzen vor uns hin."

Kiki hob den Rosenberg-Boten auf, glättete ihn sorgfältig und legte ihn auf ihren Schreibtisch. Dann seufzte sie theatralisch auf. „Ja, es ist wirklich unglaublich. Henning Sandborg, der Traum meiner schlaflosen Nächte, ist ganz in meiner Nähe und ich habe keine Chance, an ihn heranzukommen." Sie fasste sich an die Stirn. „Ob ich das überlebe?"

Rebecca zeigte ihr einen Vogel. „Manchmal spinnst du echt, Kiki van der Slooten."

„Hach, wer weiß?", meinte Karlchen verschmitzt. „Vielleicht können wir herausfinden, wo das Filmteam sich aufhält? So schwer kann das doch nicht sein. Und dann tauchen wir da einfach mal auf und du kannst dir ein Autogramm holen."

„Ein Autogramm?" Kiki verzog verächtlich das Gesicht. „Ich bin doch kein Baby mehr!"

„Genau, wahrscheinlich verknallt dieser Sandborg sich auf den ersten Blick in dich, wenn er dir erst mal in deine feurigen Augen gesehen hat, und dann nimmt er dich schwuppdiwupp mit in seine schicke Villa, wo ihr glücklich und zufrieden bis an euer Ende lebt", fantasierte Bente. „Wie im Film."

„Klar!", rief Karlchen. „So etwas kann durchaus passieren. Wie sagt meine Großmutter immer so schön: Unverhofft kommt oft!"

„Ja, das trifft den Kern", knurrte Rebecca. „Unsere Kiki macht oft unverhoffte Sachen, wie wir alle wissen. Der arme Herr Sandborg tut mir jetzt schon Leid." Sie machte eine Pause. „Und Patrick erst recht."

Kiki zuckte leicht zusammen. Patrick war ihr Freund. Den hatte sie über ihre Schwärmerei ganz vergessen. Aber dann setzte sie ein strahlendes Lächeln auf.

„Wieso Patrick?", fragte sie leichthin. „Wenn ich es wirklich schaffe, Henning persönlich kennen zu lernen, muss Patrick das doch gar nicht erfahren, oder?"

„Henning", zischte Rebecca. „Jetzt duzt sie ihn schon!"

Kiki warf ihr einen giftigen Blick zu und wandte sich ab.

„Wisst ihr, was meine Oma noch sagt?" Karlchen stand auf und streckte sich.

Die drei Freundinnen starrten sie erwartungsvoll an.

Karlchen grinste breit. „Über ungelegte Eier soll man nicht gackern. Also, lasst uns erst mal sehen, ob wir das Filmteam überhaupt ausfindig machen können."

„Und dann sehen wir weiter, einverstanden", vollendete Bente den Satz. „Karlchen, ich muss schon sagen: Wo deine Oma Recht hat, hat sie Recht!"

2

Kiki wälzte sich unruhig auf ihrem Bett hin und her. Obwohl sie nur ein dünnes T-Shirt trug und sich nicht zugedeckt hatte, war die Wärme im Zimmer unerträglich. Im Nachbarbett murmelte Rebecca leise im Schlaf. Kiki stand auf und trat ans Fenster. Der Park und das Gelände rund um das Schloss lagen in silbrigem Mondlicht. Gedankenverloren griff Kiki nach der Plastikflasche auf Rebeccas Schreibtisch und befeuchtete die Schnecken im Terrarium, den Rest des Wassers sprühte sie sich selbst ins Gesicht. Es war warm und abgestanden und erfrischte kein bisschen. Als sie wieder in ihr Bett krabbelte und die Augen schloss, seufzte Kiki. Wie sollte sie in diesem Brutofen jemals einschlafen? Bente hatte Recht: Bald würden sie schmelzen und verdunsten! Kiki holte ihre Taschenlampe aus der Nachttischschublade und nahm eine Zeitschrift in die Hand, die aufgeblättert neben dem Bett lag. Schon bald war sie in einen reich bebilderten Artikel über Henning Sandborg vertieft, der auf zwei Doppelseiten sein aufregendes Leben als Schauspieler schilderte.

„Aufwachen, du Trantüte!" Kiki wurde unsanft geschüttelt. Sie hob eine Hand und knurrte etwas Unverständliches. „Kiki, wach endlich auf!" Rebeccas Stimme klang unerbittlich. „Wir kommen zu spät!"

„Du bist gemein." Kiki gähnte und schlug die Augen auf. „Ich hab gerade so schön geträumt."

„Ja, ja, ich weiß. Von diesem blonden Strahlemann." Rebecca deutete auf die Zeitschrift, hob sie auf und warf sie achtlos auf Kikis Schreibtisch. „Übrigens sind die Batterien leer. Du hast vergessen, die Taschenlampe auszuknipsen." Sie drohte der Freundin mit der Stablampe. „Die reinste Energieverschwendung ist das, Kiki!"

Kiki streckte sich und stand auf. „Meine Güte, hast du eine miese Laune. Hast du schlecht geschlafen?"

Rebecca brummte nur und verschwand im Bad.

Wenig später waren die Mädchen angezogen und standen im Flur vor Karlchens und Bentes verschlossener Zimmertür.

„Na, toll", murrte Rebecca. „Noch zwei, die verschlafen haben."

„Von wegen verschlafen." Bente steckte den Kopf durch den Türspalt. Sie hatte Rebeccas letzte Worte gehört.

„Guten Morgen, gute Laune!", rief Karlchen fröhlich aus den Tiefen des Zimmers. Sie tauchte an der Tür auf und grinste. „Du, Rebecca, ist dir vielleicht eine Schnecke über die Leber gelaufen? Du guckst so grantig."

Rebecca verdrehte die Augen. „Es heißt ‚eine Laus über die Leber', liebe Karolin, nicht Schnecke. Und jetzt kommt endlich, sonst kriegen wir kein Frühstück mehr." Sie wandte sich um.

„Wir müssen unbedingt mit Herrn von Hohensee sprechen", flüsterte Bente den anderen zu. „Wenn wir heute nicht irgendwie ans Wasser kommen, um Rebecca abzukühlen, dreht sie uns noch durch."

„Ja", stimmte Kiki zu. „Es wäre echt toll, wenn wir mit den Pferden zum Fluss dürften. Eine Abkühlung würde uns allen gut tun, nicht nur Rebecca."

Trotz der reduzierten Stundenzahl litten Schüler und Lehrer gleichermaßen. Miss Wedgewood, die Englischlehrerin der 8b, war äußerst unkonzentriert, was aber kaum auffiel, da die Klasse ebenfalls nicht bei der Sache war. Als es am späten Vormittag zum Mittagessen läutete, atmeten alle erleichtert auf.

„Ich habe bei der Hitze überhaupt keinen richtigen Appetit“, stöhnte Bente. Sie hatte Mühe, Karlchen zu folgen, die gerne „als Erste am Fressnapf“ war, wie die Küchenchefin des Internats, Frau Wuttig, immer wieder feststellte.

„Ich eigentlich auch nicht“, gab Karlchen zu. „Aber ich möchte trotzdem wissen, was es gibt.“

Es gab grünen Salat, eine klare Gemüsesuppe und zum Nachtisch frisches Obst und Melonenscheiben auf Eis. Genau die richtige „ernährungs-physiologisch ausgewogene Zusammenstellung einer leichten Mahlzeit bei hohen Innen- und Außentemperaturen“, wie Rebecca zufrieden bemerkte.

Karlchen tippte sich an die Stirn.

„Hauptsache, in der Suppe ist ordentlich Kohlrabi“, sagte sie bestimmt. „Ich liebe nämlich Kohlrabi.“

„Hast du nicht gerade eben noch gesagt, du hast keinen Hunger?“, fragte Bente irritiert.

„Ich hab's mir eben anders überlegt“, war Karlchens Antwort.

Kiki gab ihr einen Knuff in die Seite, als sie am langen Tresen ihre Teller entgegennahmen. „Du liebst nicht nur Kohlrabi, sondern alles, was man essen kann, Karlchen. Gib's zu.“

„Klar, stimmt. Aber meinen Snude liebe ich auch“, erwiderte Karlchen. „Und den würde ich zum Beispiel niemals essen. Na ja“, schränkte sie ein, „ein bisschen an seinem Ohr knabbern würde ich vielleicht schon. Aber wirklich nur, wenn ich gar nichts anderes hätte!“

Als die Mädchen an einem Tisch Platz genommen hatten, ertönte plötzlich ein schriller Aufschrei: „Iiih! Eine Schnecke! In meinem Salat ist eine Schnecke!“ Dem Schrei folgte das Geräusch von zersplitterndem Porzellan. Köpfe fuhren herum, ein Mädchen war aufgesprungen.

„Marie-Claire ist mal wieder hysterisch“, analysierte Karlchen die empfindsame Mitschülerin knapp und widmete sich ihrer Suppe. Frau Wuttig hatte ihr extra viel Kohlrabi aufgetan.

Rebecca horchte auf. „Eine Schnecke?“ Sie stand auf und bahnte sich einen Weg zwischen den Tischen und Stühlen hindurch. Eine Küchenhelferin brachte gerade Handfeger und Kehrschaufel.

„Die Bescherung machst du bitte selber weg“, sagte sie zu einem blonden Mädchen.

„Aber da ist eine Schnecke drin“, jammerte das Mädchen.

Rebecca nahm die Schmutzschaufel. „Lass mich mal sehen, Marie-Claire“, sagte sie und bückte sich. Vorsichtig schob sie die Scherben zur Seite und untersuchte mit spitzen Fingern die unansehnlichen Überreste des Salats. Tatsächlich: Unter einem Blatt klebte eine kleine hellgraue Schnecke. Rebecca pflückte sie ab und nahm sie auf die Hand. „So ein Glück, ihr ist nichts passiert!“ Sie richtete sich auf. „Darf ich sie haben, Marie-Claire?“

„Mach mit ihr, was du willst“, quiekte die Klassenkameradin, „aber schaff sie weg!“

Rebecca lächelte. „Danke, das ist echt lieb von dir.“ Sie drückte der verdutzten Marie-Claire die Schaufel in die Hand und kehrte mit der Schnecke zu ihrem Platz zurück. Behutsam setzte sie das Tierchen auf eine Serviette und betrachtete es von allen Seiten.

„Spinnst du komplett?", fragte Kiki. „Bring sofort dieses schleimige Ding weg, sonst schrei ich! Ich hab zwar nichts gegen Schnecken, aber direkt neben meinem Teller möchte ich sie nicht unbedingt haben."

Frau Wuttig, die das Geschehen aufmerksam verfolgt hatte, stellte ein leeres Marmeladenglas auf den Tisch. In dem Glas lagen ein paar Salatblätter. Der Küchenchefin war es sichtlich unangenehm, dass in ihrem Essen eine Schnecke gefunden worden war.

„Tu sie lieber schnell hier rein", sagte sie zu Rebecca und, mit einem Blick auf Marie-Claire, die immer noch damit beschäftigt war, die Scherben zu beseitigen: „Sonst fällt Madame noch in Ohnmacht." Sie zwinkerte Rebecca zu und wollte wieder in der Küche verschwinden.

„Vielen Dank, Frau Wuttig!", rief Rebecca ihr hinterher. „Und falls Sie noch mehr Schnecken in Ihrer Küche finden, bringen Sie sie ruhig zu mir!"

Frau Wuttig blieb abrupt stehen und schüttelte den Kopf; ein paar Mädchen schoben mit angewiderten Blicken ihre Teller zur Seite. Ein Junge aus der Oberstufe grölte: „Hilfe, eine Kröte! In meiner Suppe sitzt eine fette Kröte! Ich sterbe!" Er griff sich theatralisch an die Kehle und fiel vom Stuhl.

Im Speisesaal brandete lautes Lachen auf. Miss Wedgewood, die die Aufsicht hatte, lachte mit, aber dann hob sie eine Hand und bat um Ruhe.

„Lasst den Unsinn und esst weiter!", rief sie. „Ich bin mir sicher, dass die Schnecke in Marie-Claires Salat ein Einzelexemplar war und euer Mittagessen unbedenklich genießbar ist."

Frau Wuttig nickte. „Jawohl", sagte sie laut. „Ich habe keine Ahnung, wie dieses Tier in meine Küche beziehungsweise auf den Teller gekommen ist. Ich habe den Salat heute Morgen eigenhändig geputzt." Sie schüttelte noch einmal den Kopf und murmelte, mehr zu sich selbst: „Herrje, wie konnte ich dieses Viech nur übersehen?", bevor sie endgültig in ihrem Refugium, der Schlossküche, verschwand.

„Das arme kleine Ding hat doch nur nach einem feuchten Platz gesucht", verteidigte Rebecca ihren Schützling. „Jedes Kind weiß, dass Mollusken – in diesem Falle Bauchfüßer – absolut harmlos sind. Also, was soll das Theater?"

„Hast du schon einen Namen für deinen *Bauchfüßer*?", fragte Bente kichernd.

„Nein." Rebecca betrachtete die Schnecke. „Sie ist ziemlich schnell. Seht euch nur an, in welch rasantem Tempo sie den Salat verputzt. Beeindruckend, nicht?"

„Ja, total", gluckste Kiki. Sie musste sich zusammenreißen, um nicht laut loszuprusten. „Echt stark, zu was für Leistungen so ein Weichtier imstande ist."

„Wie wär's mit Speedy Gonzales?" Karlchen pochte mit ihrem Löffel gegen das Marmeladenglas, was Rebecca mit einem missbilligenden Blick quittierte. „Der Name passt gut zu Juan und Carlos. Und außerdem", fügte sie hinzu, „war Speedy Gonzales die schnellste Maus von Mexiko."

„Es ist zwar ein bisschen komisch, einer Schnecke einen Mäusenamen zu geben", fand Rebecca, „aber der Name gefällt mir. Danke, Karlchen. Und jetzt hör bitte auf, gegen das Glas zu klopfen, ja? Du machst Speedy ganz nervös."

Nachdem Rebecca Speedy Gonzales zu seinen Artgenossen ins Terrarium gesetzt und ausgiebig mit frischem Wasser besprüht hatte, gingen die Mädchen quer über den Schlosshof zu den lang gestreckten Stallungen des Internats. Sie hatten beschlossen, die Hausaufgaben auf die Abendstunden zu verschieben, wenn es – hoffentlich – etwas kühler sein würde.

„Dem armen Lawrence ist es auch zu heiß", sagte Bente. Sie deutete auf einen grauen Hund, der hechelnd im Schatten der Stallmauer lag und nur kurz aufschaute, als er die Freundinnen kommen sah.

Karlchen bückte sich, um den Irischen Wolfshund, der Miss Wedgewood gehörte, zu streicheln. „Armer Larry. Vielleicht erlaubt dein Frauchen, dass du uns ans Wasser begleitest?"

Lawrence wedelte schwach mit dem Schwanz.

„Sieht nicht so aus, als hätte er große Lust, sich zu bewegen", sagte eine Stimme aus dem Dunkel des Stalles. „Genauso wenig wie ich."

Rebecca zog die Stirn kraus. „Daniel? Bist du das?"

Ein blonder, athletisch gebauter Junge trat aus dem Gebäude. Er hatte ein Baseballcap verkehrt herum auf dem Kopf und trug abgeschnittene Jeans – sonst nichts.

„Hallo, Mädels", sagte er lässig, wobei er sich dehnte und seine eindrucksvollen Bauchmuskeln spielen ließ.

„Was machst du hier um diese Zeit?", fragte Rebecca verwundert.

Daniel ging auf sie zu und nahm sie in den Arm. „Auf dich warten, was sonst?", sagte er lächelnd. Er gab ihr einen Kuss. „Nee, im Ernst: Das Hockey-Training ist aufgrund der subtropischen Temperaturen in der Halle fürs Erste gestrichen worden. Ich habe die freie Zeit genutzt und war mit Mystery in der Schwemme. Und jetzt erhole ich mich. Im Stall ist es nämlich angenehm kühl."

„Das kann ich nur bestätigen." Ein zweiter Junge trat auf den sonnenbeschienenen Hof – dunkelhaarig, braun gebrannt und ebenso spärlich bekleidet wie Rebeccas Freund. „Kommt rein und überzeugt euch selbst."

„Nein, danke, Patrick", entgegnete Kiki. Sie gab ihrem Freund ein Küsschen auf die Wange und sagte: „Wir suchen Herrn von Hohensee. Wisst ihr, wo er steckt?"

Patrick und Daniel warfen sich einen Blick zu und grinsten.

„Logo", sagte Patrick. „Unser Rittmeister hält eine Siesta." Er zeigte auf eine große Linde auf der Koppel neben dem Stall. Ein Mann lag ausgestreckt in ihrem Schatten. Sein Gesicht war mit einem ausgeblichenen Strohhut bedeckt. Er schlief tief und fest und schnarchte vernehmlich.

„Seit es so heiß ist, dass einem die Dachpappe wegschmilzt, hat Herr von Hohensee südeuropäische Gepflogenheiten angenommen", erklärte Daniel. „Und eine mittägliche Ruhepause – eine Siesta, wie er es nennt – gehört unbedingt dazu."

„Aha", sagte Rebecca.

„Soso", murmelte Kiki.

Bente zog die Augenbrauen hoch. „Und wie lange dauert so ein südeuropäischer Mittagsschlaf ungefähr?"

„Och, das ist ganz unterschiedlich", erwiderte Daniel mit todernster Miene.

Patrick wiegte den Kopf. „Ja, das kann man unmöglich vorher sagen. Manchmal reichen zehn Minuten, manchmal braucht er aber auch eine Stunde, bis er wieder wach ist."

„Ihr wollt uns veräppeln, oder?“, fragte Karlchen belustigt.

„Im Leben nicht!“ Patrick hob die Hand wie zum Schwur.

Daniel machte ein erschrockenes Gesicht. „Das würden wir uns nie erlauben!“

„Na ja, wenn das so ist“, Karlchen leckte sich den Schweiß von der Oberlippe und drehte sich um, „kann ich ja auch erst mal zu Snude gehen, nicht? Kommt jemand mit?“

Patrick und Daniel schüttelten einhellig die Köpfe.

„Viel zu heiß“, stöhnten Kiki und Rebecca gleichzeitig.

„Schon kapiert.“ Karlchen kniff ein Auge zu. „Ihr wollt ein bisschen allein sein, stimmt's?“ Ohne eine Antwort abzuwarten, zog sie Bente hinter sich her in Richtung Ponykoppel.

„Wieso hast du mich nicht wenigstens gefragt, ob ich mitwill?“, beschwerte Bente sich, während sie hinter der Freundin herstolperte.

Karlchen blieb stehen, um ein Gatter zu öffnen. „Mensch, bist du blöd! Unsere beiden Liebespaare wollten ungestört sein, hast du das nicht gemerkt?“ Sie legte zwei Finger an die Lippen und stieß einen kurzen Pfiff aus.

„Ach so“, murmelte Bente. „Klar, verstehe.“

Im Schatten eines Unterstandes döste die bunte Ponyherde mit hängenden Köpfen. Ein stämmiger Falbe hob seinen Kopf und brummelte leise.

„Heja, Snude!“, rief Karlchen. Sie kletterte über den Zaun und schritt gemächlich auf den Norweger zu. Mit der flachen Hand fuhr sie ihm unter die wollige Stirnmähne. „Junge, du schwitzt aber!“

Wie zur Bestätigung rieb Schnute seinen Kopf an Karlchens Oberschenkel und gähnte.

Bente war der Freundin gefolgt. Sie kraulte einen hübschen

Haflinger. Er gehörte ihren jüngeren Zwillingsbrüdern Benjamin und Bastian, die seit kurzem ebenfalls Schüler des Pferde-Internats waren.

„Weißt du was? Wir nehmen Snude, Bommel und Snorri gleich mit", schlug Karlchen vor. „Die Dicken müssen unbedingt ein bisschen plantschen, sonst kriegen sie noch einen Sonnenstich." Sie griff in Schnutes Mähne und schnalzte mit der Zunge.

„Aber du weißt doch gar nicht, ob Herr von Hohensee uns sein Okay gibt", wandte Bente ein.

„Was sollte er schon gegen eine Abkühlung haben?", entgegnete Karlchen. „Da gibt's doch keine zwei Meinungen, oder?" Sie lockte Patricks Isländer Snorri heran und packte ihn ebenfalls an der Mähne. „Patrick wird sich freuen, wenn ich ihm seinen Isi gleich mitbringe, dann spart er sich den Weg. Los, schnapp dir Bommel und mach das Gatter auf. Aber pass auf, dass die anderen nicht mit rausschlüpfen."

Karlchens Sorge erwies sich als unbegründet: Die übrigen Kleinpferde und Ponys schenkten ihnen kaum Beachtung. Faul blieben sie im Schatten des Unterstandes stehen und wehrten lästige Fliegen und Bremsen mit ihren Schweifen ab.

Als Karlchen und Bente die drei Robustpferde zum Stall führten, sahen sie, dass der Reitlehrer seine Siesta beendet hatte. Herr von Hohensee kam ihnen mit ein paar Halftern entgegen.

„Ihr wollt mich wohl vor vollendete Tatsachen stellen, was?", sagte er schmunzelnd zur Begrüßung, während er den Ponys die Halfter anlegte. „Aber eure Freundinnen haben mich schon vorgewarnt."

„Heißt das, wir dürfen mit den Pferden zum Fluss?", fragte Bente.

Herr von Hohensee nickte. „Aber sicher. Ich habe Frau Dr. Paulus bereits informiert. Sie ist, genau wie ich, der Meinung, dass wir alle ein kühles Bad vertragen könnten."

„Genial!" Karlchen freute sich. „Sie begleiten uns also?"

„Natürlich, ich hole nur noch meinen Jolly Jumper. Patrick und Daniel sind zum Schloss gelaufen und sagen den anderen Bescheid", erwiderte Herr von Hohensee. „Kiki und Rebecca sind schon im Stall und machen ihre Pferde fertig. Sobald alle vollzählig sind, geht's los."

Wenig später nahmen die Mädchen und Jungen der Rosenberger Reitersparte zwanglos im Schlosshof Aufstellung. Die Gruppe war recht klein; vielen war es für einen Spaziergang – trotz der Aussicht auf ein kühles Bad im nahe gelegenen Fluss – schlichtweg zu heiß. Sie zogen es vor, im Schloss zu bleiben.

Die Pferde und Ponys trugen Halfter mit Führstricken und statt der sonst üblichen Reithosen und langen Stiefel hatten die Kids sich für T-Shirts, Shorts und leichte Sportschuhe entschieden.

Herr von Hohensee, wie alle anderen in leichtem Sommerdress, hatte seinen muskulösen Holsteiner Jolly Jumper fest im Griff. Trotzdem trat der Rotfuchs übel gelaunt von einem Huf auf den anderen und versuchte immer wieder, nach den neben ihm stehenden Pferden zu schnappen. Mystery, Daniels Trakehnerhengst, keilte kräftig aus und traf eine kleine Stute an der Brust. Empört quiekte die Braune auf und machte ihrem Unmut mit einem Buckler Luft.

„Das kann ja heiter werden“, stöhnte Bente. „Die Pferde scheinen ziemlich schlecht drauf zu sein.“ Sie hielt die Führleine ihrer kleinen Stute locker in einer Hand. Flippi ließ müde ihre Unterlippe hängen und zog einen Flunsch.

„Sie leiden genauso unter der Hitze wie wir“, stellte Kiki fest. Ihr dunkelbrauner Wallach Torphy hielt den Kopf gesenkt und seufzte vernehmlich. Dunkler Schweiß bedeckte seine Brust.

„Klar, was dachtest du denn?“ Rebecca strich Karfunkel über die Stirn. Dicht neben der Rappstute stand Little Mystery, ihr Fohlen. Seit kurzem ging er bei Ausritten „bei Fuß“ an der Seite seiner Mutter.

Rebecca hatte den Kleinen nicht alleine auf der Koppel zurücklassen wollen – obwohl sie keinen Schimmer hatte, wie Little Mystery sich bei einem Ausflug in einer Gruppe von gereizten Pferden verhalten würde.

„Bleib immer schön bei deiner Mama, hörst du?“, flüsterte sie ihm ins nervös zuckende Ohr. „Dann kann dir überhaupt nichts passieren.“

Karlchen kaute auf einem Kaugummi und produzierte eine prächtige, rosafarbene Blase, die mit einem lauten Knall zerplatzte. Schnute schüttelte nur den Kopf und ließ die Ohren baumeln. „Hoffentlich geht's bald los“, jammerte Karlchen. „Sonst schläft mein Dickie noch im Stehen ein.“

In diesem Moment hob Herr von Hohensee eine Hand und rief: „Abteilung im Scheeritt, marsch!“

Immer zwei Pferde nebeneinander führend, verließ die Gruppe endlich den Hof. Als auf der Schlossbrücke Hufeisen klapperten, guckten ein paar neugierige Gesichter aus den weit geöffneten Fenstern des Schlossgebäudes.

Frau Dr. Paulus, die Internatsleiterin, und Miss Wedgewood, die auf dem Balkon des Sekretariats saßen und Eistee tranken, unterbrachen ihre Unterhaltung und winkten.

„Schade, dass der Kolibri nicht mitkommt", fand Kiki.

Mit dem „Kolibri" war die Englischlehrerin gemeint, die diesen Spitznamen wegen ihrer knallroten Haare und ihrer Vorliebe für schrille, äußerst farbenprächtige Kleidung trug.

„Es ist ihr zu heiß. Sie hat vorhin zu Patrick gesagt, sie und ihre Tiere wären solche tropischen Temperaturen einfach nicht gewöhnt", berichtete Bente. „Wahrscheinlich hat sie Recht. Ich glaube kaum, dass es in England viel wärmer wird als zwanzig Grad."

„Nee, und außerdem regnet es da doch ständig", pflichtete Karlchen ihr bei.

„Ihr habt ja mal wieder voll den Durchblick", stöhnte Rebecca. Sie wollte gerade dazu ansetzen, ihre Freundinnen über die wahren klimatischen Gegebenheiten in Großbritannien aufzuklären, als sie kopfschüttelnd abwinkte. Es war ihr einfach viel zu anstrengend, jetzt noch einen Exkurs in Meteorologie und Geografie abzuhalten.

3

Solange die prächtige Allee, die vom Internat bis zur nahe gelegenen Landstraße führte, Schatten spendete, war der Spaziergang recht angenehm. Als die hohen Bäume jedoch nach einer Weile mehr und mehr zurückwichen und schon bald nicht mehr so dicht nebeneinander standen, knallte die Sonne gnadenlos auf die Abteilung nieder.

„Wessen blöde Idee war das eigentlich?“, schimpfte Bente matt. Mit einer Hand verscheuchte sie eine aufdringliche Fliege von ihrer Nase. „So ein Schwachsinn! Dreißig Grad im Schatten und wir latschen mit den Pferden durch den Staub!“

Karlchen sah auf. „Wenn ich mich recht erinnere, warst du vorhin sehr begeistert von dieser *blöden Idee* “, erwiderte sie schnippisch. Sie blinzelte in die Sonne und leckte sich genüsslich die Lippen. „Hm, vielleicht können wir uns irgendwo unterwegs ein Eis kaufen. Ja, ich sehe es direkt vor mir: ein schönes, großes Eis, mindestens drei Kugeln. Erdbeer, Schokolade und Zitrone, hmm ...“

„Karlchen, hör sofort auf damit“, flehte Kiki. Ihr Gesicht war puterrot. Kleine Schweißrinnsale liefen ihr die Schläfen hinunter. „Ich frage mich sowieso schon die ganze Zeit, warum ich nicht im Schloss geblieben bin. Im Musikkeller ist es so schön kühl.“

Rebecca grinste. „Sag nicht, du würdest lieber Geige spielen, als mit Torphy schwimmen zu gehen. Das glaub ich nicht.“ Sie wandte sich an Karlchen und Bente: „Und ihr solltet besser eure Energie sparen und nicht so viel meckern. Wir kommen zwar leider an keinem Eisladen vorbei, aber dafür ist es nicht mehr weit. In spätestens fünfzehn Minuten sind wir da."

Sie klopfte Karfunkels Hals und warf Little Mystery einen wohlwollenden Blick zu. Das pechschwarze Fohlen ging mustergültig an der Seite seiner Mutter, setzte graziös einen Huf vor den anderen und spitzte aufmerksam die Ohren.

„Ja, ja, du Schlaukopf, wir kennen den Weg genauso gut wie du, stell dir vor", brummte Bente missmutig.

Karlchen gab sich der stillen Hoffnung hin, dass vielleicht doch irgendwo ein Eiswagen stehen würde, aber sie wusste, dass die Möglichkeit eher gering, wenn nicht gar ausgeschlossen war. Im Sportunterricht nutzten sie diesen Weg zum Fluss oft als Laufstrecke – und noch nie hatte sich bei der Gelegenheit die Chance ergeben, irgendwo ein leckeres Eis zu kaufen. Nein, sie befanden sich mit ihren Pferden im absoluten Niemandsland, in einer Wüste sozusagen, fernab von jeglicher Eis produzierenden Zivilisation.

Karlchens Gedanken schweiften ab. Sie legte einen Arm über Schnutes Widerrist, schloss die Augen und fantasierte, sie und ihr Pony wären Forscher auf der Suche nach verlorenen Schätzen. Archäologen im Staub der Jahrtausende, Entdecker versunkener Welten –

„Karlchen!", schimpfte Kiki plötzlich. „Sag mal, träumst du oder hast du einen Hitzestich? Pass gefälligst auf, wohin du läufst!"

Karlchen zuckte zusammen. Himmel!, fast wären sie und Schnute vom Weg abgekommen! Der runde Norweger hatte gerade noch rechtzeitig gebremst und war vor einem flachen, ausgetrockneten Graben stehen geblieben. Kiki und Torphy, die direkt hinter Karlchen und Schnute gingen, wären um ein Haar gegen das runde Hinterteil des Fjordpferdes geprallt.

„O, entschuldige“, sagte Karlchen hastig zu Kiki. Sie nahm den Führstrick fester in die Hand und zog Schnute zurück auf den Weg.

„Gute Güte, Snude“, raunte sie ihrem Pony zu. „Du bist doch nicht etwa eingeschlafen?“

Schnute prustete, schüttelte die wollige Mähne und stapfte mit halb geschlossenen Augen weiter.

„Ich kann schon das Wasser sehen!“, rief Bente. Sie zeigte durch die tief hängenden Zweige einer Trauerweide, hinter denen sich die Eider in sanften Bögen träge durch die flache Landschaft wand. Die Oberfläche des Flusses glitzerte verlockend im Sonnenschein. Ein paar Pferde hoben die Köpfe. Sie witterten das kühle Nass.

„Hier kommen wir aber noch nicht ans Ufer!“, rief Patrick den anderen zu. „Wir müssen um die Wegbiegung. Dahinter gibt es einen breiten Durchgang direkt bis ans Wasser.“

„Das wird aber auch langsam Zeit.“ Rebecca kniff die Augen zusammen. Die grelle Hitze flimmerte über dem schmalen Pfad. „Viel länger halte ich das nicht aus. Und die Pferde auch nicht.“ Sie warf einen besorgten Blick auf Little Mystery. Das Rappfohlen wirkte nun doch erschöpft. Immer wieder stolperte es über Unebenheiten im Boden und suchte Anlehnung bei seiner Mutter. Der Kleine schien eine Verschnaufpause im Schatten wirklich nötig zu haben.

Karlchen pfiff leise vor sich hin, als die Abteilung vor ihr plötzlich ins Stocken geriet. Herr von Hohensee gab das Signal zum Halten. Er schimpfte laut. Karlchen konnte kein Wort verstehen, aber als sie den Hals reckte, sah sie, dass mehrere große weiße Kombis den Weg versperrten. Dicht hintereinander standen die Fahrzeuge auf dem ohnehin schon engen Uferweg und machten ein Durchkommen unmöglich.

„Was ist los?“, fragte Kiki. „Warum geht's nicht weiter?“

„Der Weg ist blockiert!“, rief Bente ihr zu. „Da stehen lauter Autos.“

„Autos?“ Kiki stellte sich auf die Zehenspitzen. „Was für Autos?“

Herr von Hohensee hatte Patrick die Führleine seines Pferdes in die Hand gedrückt und bahnte sich einen Weg durch die parkenden Fahrzeuge. Weit und breit war kein Mensch zu sehen. Trotzdem hörte der Reitlehrer nicht auf, sich lauthals zu beschweren.

„Eine Frechheit ist das!“, vernahmen die Mädchen seine kräftige Stimme. „Der Weg ist Privateigentum! Ich werde dafür sorgen, dass die Wagen abgeschleppt werden! Na wartet, wenn ich die erwische!“

„Jungejunge, der ist geladen.“ Karlchen rieb sich die verschwitzte Nase.

„Recht hat er“, meinte Rebecca. „Es ist wirklich eine bodenlose Unverschämtheit, den Weg derartig zuzuparken. Diese Seite des Ufers gehört zum Gelände des Schlosses. Es ist Privatbesitz. Fremde haben hier nichts zu suchen und Autos schon mal gar nicht.“ Sie zog Karfunkel in den Schatten eines Baumes. Little Mystery stellte einen Hinterhuf auf und döste erschöpft.

„Ey, cool!“, rief eine Stimme von vorne. „Die sind vom Fernsehen!“

Bente kannte die Stimme. Sie gehörte ihrem Bruder Bastian.

„Ob die hier einen Film drehen?", ertönte eine zweite Stimme. Bente identifizierte sie als zu ihrem zweiten Bruder Benjamin gehörig. Sie horchte auf.

„Was sagt ihr da?", rief sie den Zwillingen zu.

„Die Autos sind vom Fernsehen!", blökte Bastian über die Köpfe der Abteilung hinweg. „Steht jedenfalls drauf!"

„Novaworld TV- and Video-Productions!" Benjamins Stimme überschlug sich fast, als er seiner Schwester die Aufschrift zurief.

„Was ist los?" Kiki drängte sich vor. Torphy folgte ihr nur unwillig. „Fernsehen? Hab ich richtig gehört?"

Bente wandte sich zu ihr um. „Ja. Benjamin und Bastian behaupten, die Kombis gehören zu einem Fernsehteam. Novaworld TV oder so."

„Novaworld." Kikis ohnehin schon knallrotes Gesicht wurde noch eine Spur dunkler. „Das ist die Produktionsfirma der *Klinik am Meer*", sagte sie aufgeregt.

„Bist du sicher?", fragte Bente zweifelnd.

„Ja, absolut!" Kiki hüpfte von einem Fuß auf den anderen. „Ich hab's gestern erst in dem Artikel über Henning gelesen! Los, lass mich durch! Die müssen hier ganz in der Nähe sein!"

„Spinnst du? Du bleibst, wo du bist!", schimpfte Rebecca von hinten. „Du siehst doch, dass es nicht weitergeht!"

„Jetzt wird's lustig, Snude", flüsterte Karlchen ihrem Fjordpferd ins Ohr. „Der olle Sandborg ist in der Nähe. Pass auf, Kiki wittert ihre Chance."

Kiki stampfte so heftig mit dem Fuß auf, dass sie umgehend in einer Staubwolke stand. Torphy nieste und rieb seine Nase an ihrem weißem T-Shirt ab.

„Torphy, du Pferd!", schrie Kiki. „Mein nagelneues T-Shirt!"

Karlchen prustete in Schnutes Fell. Es war herrlich! Vorne stapfte Herr von Hohensee wie von der Tarantel gestochen durchs Unterholz und schimpfte nach wie vor in die Luft und hier hinten drehte Kiki durch! Karlchen lehnte sich entspannt gegen ihr Pony und verfolgte amüsiert, wie Kiki versuchte, die schmierigen Grasflecken, die Torphys Maul hinterlassen hatte, durch hektisches Wischen und Reiben von ihrem Designer-T-Shirt zu entfernen. Es war nicht zu übersehen, dass sie den Schaden dadurch nur noch verschlimmerte.

„Vergiss es, Kiki. Das hat keinen Zweck", sagte Bente freundlich. „Ich kenne das. Solche Flecken bekommst du nur mit Kochwäsche wieder raus."

Kiki sah aus, als würde sie jeden Moment explodieren. Es war einfach zum Verrücktwerden: Henning Sandborg war in der Nähe und sie stand hier mit ihrem ungezogenen Pferd und drei nervtötenden Freundinnen auf einem gottverlassenen staubigen Feldweg! Die Situation war so abwegig, dass sie nicht wusste, ob sie weinen oder lachen sollte.

Bente bemerkte nicht, dass Flippi sich neben ihr nervös anspannte. Eine Hornisse klebte am empfindlichen Bauch der kleinen Stute. Flippi versuchte den Plagegeist loszuwerden, indem sie sich immer wieder mit einem Hinterlauf gegen den Bauch schlug. Sie schaffte es nicht; die Hornisse ließ sich nicht verscheuchen. Als das Insekt zustach, wieherte Flippi erschrocken auf. Sie spürte den Schmerz an ihrem Bauch und hatte instinktiv nur den einen Gedanken: Flucht! Wie eine Kanonenkugel schoss die Fuchsstute nach vorn und zog Bente, die den Führstrick entgegen aller Vorschriften ums Handgelenk geschlungen hatte, und das auch noch zweimal, mit sich.

Es passierte so schnell, dass Bente nicht die geringste Chance hatte, zu reagieren.

Rebecca schrie noch: „Loslassen! Lass den Strick los!“, dann sprang sie zur Seite.

Flippi preschte knapp an ihr vorbei. Rebecca sah die weit aufgerissenen Augen des Pferdes. Flippi ging durch! Und Bente hing an ihrem Führstrick wie eine Marionette!

„Achtung! Haltet das Pferd auf!“, schrie Rebecca den vor ihr stehenden Mitschülern zu. „Haltet es auf!“

Kiki blieb der Mund offen stehen. Entsetzt starrte sie Bente und Flippi hinterher. Torphy war nur kurz zusammengezuckt. Als Turnierpferd hatte er starke Nerven und ließ sich nicht so leicht aus der Fassung bringen. Genüsslich fuhr er damit fort, auch noch die Rückseite von Kikis T-Shirt zu besabbern.

„Schiete!“, entfuhr es Karlchen. Sie klammerte sich erschrocken an Schnutes kurze Mähne und sah hilflos zu, wie Pferde und Kinder auseinander stoben, als Flippi durch die Abteilung galoppierte. Ganz vorne bäumte Mystery sich auf, als Flippi ihn streifte. Daniel hing für einen kurzen Moment an seinem Halfter in der Luft, bevor er es schaffte, den Hengst wieder herunterzubekommen.

Wie durch ein Wunder hatte Bente es inzwischen geschafft, sich den wilden Galoppsprüngen ihres Pferdes anzupassen. Sie hatte als Kind lange voltigiert; im Normalfall war es kein Problem für sie, im Gleichtakt neben einem Pferd herzulaufen. Das hier war zwar kein Normalfall, aber Bente hatte keine Gelegenheit, lange über ihre Situation nachzudenken. Sie musste versuchen, das Beste daraus zu machen. Dadurch, dass sie nun neben Flippi herlief, hatte sich der Zug auf dem

Führstrick verringert. Er schnitt nicht mehr ganz so tief in ihr Handgelenk. Bente spürte keinen Schmerz. Sie konzentrierte sich einzig und allein darauf, nicht zu stolpern und unter Flippis wirbelnde Hufe zu geraten. Heftig atmend stieß sie hervor: „Ruhig, Kleine! Beruhige dich!"

Aber Flippi hörte sie nicht. Mit eng angelegten Ohren versuchte die Stute verzweifelt, dem scharfen Schmerz unter ihrem Bauch zu entkommen. Als die weißen Kombis vor ihr auftauchten, bremste sie scharf ab und brach zur Seite aus. Bente wurde herumgeschleudert und durch ein Gebüsch gezogen. Sie schrie auf, als sie die Zweige und Dornen auf ihrer bloßen Haut spürte, und schloss die Augen. Flippi machte einen weiten Sprung nach vorn und riss das Mädchen mit sich.

Das Nächste, was Bente wahrnahm, war angenehm kühles Wasser, das über ihrem Kopf zusammenschlug. Es gab ein lautes „Platsch!", als Flippi und Bente Seite an Seite im seichten Wasser des Flusses landeten. Am Ufer herrschte atemloses Schweigen.

„Was um Himmels willen ist hier eigentlich los?", schrie Herr von Hohensee in diesem Moment erbost.

Der Reitlehrer stand zwischen seinen Schülern und raufte sich die kurzen Haare. Er hatte wegen seiner Suche nach den Fahrzeugbesitzern von Flippis Ausbruch nichts mitbekommen und starrte jetzt fassungslos auf die kleine Fuchsstute, die bis zum Bauch im Wasser stand und nervös mit den Ohren spielte, und das blonde Mädchen, das soeben wie eine Meerjungfrau neben dem Pferd auftauchte und dabei laut fluchend einen Schwall Wasser ausspuckte.

„Bente! Flippi!", rief Herr von Hohensee. „Kommt sofort da raus! Die Badestelle ist weiter hinten!"

„Hast du das im Kasten, Kuddel?", ertönte plötzlich eine aufgeregte Stimme. „Hast du das drauf?"

„Jo, alles drauf, Lutz", rief eine andere Stimme zurück. „Die Szene ist im Kasten!"

„Schnitt!", rief die erste Stimme. „Das war perfekt! Okay, Leute, halbe Stunde Pause!"

4

Bente fuhr herum. Sie schüttelte sich wie ein nasser Hund, um das Wasser aus den Ohren zu bekommen. Ihr nasses Haar klebte an ihrem Kopf wie Seetang. Sie wischte sich die langen Strähnen aus dem Gesicht und stellte verblüfft fest, dass sie und Flippi auf einer flachen Sandbank fast in der Mitte des Flusses standen. Das Wasser reichte ihr bis an die Hüfte. Als ihr Blick zum Ufer wanderte, glaubte sie ihren Augen kaum zu trauen. Einen knappen Steinwurf von ihr entfernt, an einer vom Reitweg aus nicht einsehbaren Uferböschung, stand eine Gruppe von Frauen und Männern inmitten von Scheinwerfern, Kameras und sonstigen Gerätschaften, von denen Bente nicht einmal im Ansatz ahnte, wozu sie dienten, und applaudierte begeistert. Jemand rief etwas und winkte.

Verwirrt sah Bente sich um. Hinter ihr war niemand. Wen starrten die Typen so an und weshalb klatschten sie? Merkwürdig.

Ein Mann mit zerknautschtem Anglerhut und dunkler Sonnenbrille erhob sich von einem Klappstuhl. Er zog sich Schuhe und Socken aus, krempelte die Hosenbeine hoch und watete ins Wasser. Mit ausgebreiteten Armen kam er direkt auf Bente und Flippi zu. Flippi machte einen Satz zur Seite und schnaubte irritiert.

„Mädel, das war Spitze!“, rief der Mann von weitem. Er blieb, die Hände in die Seiten gestemmt, stehen und musterte Bente mit unverhohlenem Interesse.

Es war ein äußerst unangenehmes Gefühl. Bente wollte sich gerade umdrehen und Flippi an Land führen, als der Mann ihr zurief: „Machst du so was öfter? Du hast Talent, Mädel! Glaub mir, ich weiß, wovon ich spreche!“ Er watete ein paar Schritte vorwärts. „Warte! Wie heißt du? Ich würde gerne ...“

Er kam nicht dazu, seinen Satz zu beenden. Von der anderen Seite näherte sich zu Bentes größter Verwunderung, ebenfalls mit langen Schritten durchs Wasser pflügend, Herr von Hohensee. Bente stellte fest, dass ihr Reitlehrer eine gewisse Ähnlichkeit mit einem sehr erzürnten Meeresgott hatte. Ohne zu zögern, stapfte er auf sie, Flippi und den Fremden zu, wobei er vor Wut fast überzuschäumen schien. Bente zog unwillkürlich den Kopf zwischen die Schultern und duckte sich hinter Flippi.

„Ähm, hallo, Herr von Hohensee“, murmelte sie kleinlaut.

Flippi kräuselte die Nüstern und patschte vergnügt mit dem Vorderhuf auf die Wasseroberfläche. Das klare Flusswasser hatte die Schmerzen des Insektenstichs gelindert, der Schreck war verflogen. Die Stute fing an, sich äußerst wohl zu fühlen. Sie liebte es, im Wasser herumzuplantschen. Es sah aus, als würde sie in Erwägung ziehen, ein paar Runden zu schwimmen. Bente, die den Gesichtsausdruck ihres Pferdes nur zu gut kannte, hob warnend eine Hand und sagte laut: „Nein, Flippi! Untersteh dich!“

„Hab ich dir nicht eben laut und deutlich zu verstehen gegeben, dass du aus dem Wasser kommen sollst?“ Herr von Hohensee hatte die kleine Versammlung in der Flussmitte erreicht. Er schnaufte und schüttelte den Kopf. Sein Gesicht sah sehr wütend aus, als er Bente fragte: „Sag mal, was ist los mit dir? Brauchst du eine Extra-Einladung? Hast du Bohnen in den Ohren? Raus aus dem Fluss! Für dich ist der Badespaß zu Ende! Du kehrst sofort um!"

Bente zuckte zusammen. „Ich, äh, aber ich wollte doch gar nicht ...", stotterte sie. „Also, das war so, ähm ..." Nervös strich sie sich eine feuchte Haarsträhne aus dem Gesicht.

Herr von Hohensee sog scharf die Luft ein. „Was ist das?" Er nahm Bentes Handgelenk und drehte es vorsichtig hin und her. Zwei tiefe Striemen zogen sich rund um das Handgelenk, genau dort, wo Flippis Führstrick hineingeschnitten hatte. Die Haut war abgeschürft und blutete an mehreren Stellen, wobei das kühle Wasser offenbar Gutes bewirkt hatte: Die Wunde war sauber gespült und die Blutung schon fast gestillt. Es sah zwar schlimm aus, tat aber überhaupt nicht weh, wie Bente erleichtert feststellte. Sie wollte gerade zu einer weiteren Erklärung der Umstände ansetzen, als der Reitlehrer ihre Bemühungen im Keim erstickte und ihr das Wort abschnitt.

„Wie oft habe ich euch gesagt – nein, eingebläut! –, ihr sollt die Führleinen eurer Pferde nur locker in der Hand halten und keinesfalls um den Arm oder das Handgelenk schlingen?", fragte er betont ruhig, während er Bentes Handgelenk weiterhin festhielt.

„Äh, so hundertmal vielleicht?", schätzte Bente vorsichtig.

„Und wie oft habe ich euch gesagt, dass ihr die Leine sofort loslassen sollt, wenn eure Pferde scheuen oder durchgehen?"

„Tausendmal?" Bente schlug die Augen nieder. „Ich weiß, ich hab's falsch gemacht. Tut mir Leid."

Herr von Hohensee ließ ihr Handgelenk los und seufzte. „Mensch, Bente, wie konnte das passieren?"

„Keine Ahnung, ehrlich. Flippi muss sich vor irgendetwas furchtbar erschreckt haben. Sie ist einfach durchgegangen und ich ..."

„Und du hattest den Strick ums Handgelenk gelegt, weil's bequemer war, und wurdest mitgerissen", ergänzte Herr von Hohensee. „Mädchen, Mädchen." Wieder schüttelte er den Kopf, dann sah er Bente prüfend an. „Tut dir sonst noch etwas weh? Bist du verletzt?", erkundigte er sich.

„Nein, ich glaube nicht. Alles okay, mir geht's gut, danke."

„Entschuldigen Sie, wenn ich mich einmische", meldete sich plötzlich der fremde Mann zu Wort. Er hatte die ganze Zeit schweigend, aber sehr interessiert zugehört. „Gestatten Sie, dass ich mich vorstelle?" Er hielt Herrn von Hohensee die ausgestreckte Hand hin. „Mein Name ist –"

„Ich gestatte gar nichts", blaffte Herr von Hohensee, wobei er die Hand einfach übersah. Etwas versöhnlicher fuhr er fort: „Jedenfalls nicht, bevor ich dieses Mädchen und sein Pferd sicher ans Ufer gebracht und versorgt habe. Danach können Sie sich gerne bei mir vorstellen." Er legte Bente eine Hand auf die Schulter und nahm Flippis Führleine kürzer. „Vielleicht erklären Sie mir dann freundlicherweise auch, wie Sie dazu kommen, meine Reitwege zuzuparken und dadurch Unfälle unter meinen Reitschülern zu provozieren?" Er zog die Augenbrauen hoch und musterte den Fremden kritisch. „Ich gehe doch recht in der Annahme, dass die widerrechtlich am Uferweg abgestellten Fahrzeuge Ihnen gehören?" Ohne ein weiteres Wort drehte er sich um und führte Bente und Flippi ans Ufer.

Der Mann mit dem Anglerhut blieb etwas bedröppelt stehen, dann lachte er leise und stapfte hinterher.

Am Ufer angekommen, überzeugte Herr von Hohensee sich noch einmal gründlich von der Unversehrtheit seiner Schützlinge. Bis auf Bentes aufgeschürftes Handgelenk und den Hornissenstich unter Flippis Bauch, der dem geübten Auge des Reitlehrers nicht entging und von ihm sofort als Auslöser des Übels identifiziert wurde, waren die beiden noch einmal mit dem Schrecken davongekommen. Erleichtert wurde Bente von ihren Freundinnen in Empfang genommen.

Rebecca nahm Bente in den Arm und drückte sie. „Bin ich froh, dass dir nichts passiert ist!"

„Und ich erst", erwiderte Bente mit einem schiefen Grinsen.

„Tut's sehr weh?", erkundigte Karlchen sich mitfühlend. Sie deutete auf Bentes Handgelenk, das etwas angeschwollen war und eine leicht bläuliche Färbung angenommen hatte.

„Es ist auszuhalten", sagte Bente tapfer. „Hauptsache, Flippi ist nichts passiert." Sie zupfte ihrer Stute liebevoll die Stirnmähne zurecht.

„Sag, hast du ihn gesehen?" Kiki schob sich vor Karlchen und Rebecca. „Wie sieht er aus?", fragte sie aufgeregt. „Warst du in seiner Nähe? Hast du mit ihm gesprochen?"

„Hä?" Bente guckte die Freundin verständnislos an. „Wovon redest du?"

Karlchen zeigte Kiki einen Vogel und wandte sich ab.

Rebecca fing an zu schimpfen: „Sag mal, tickst du nicht richtig, Kiki? Bente hatte gerade einen schweren Unfall und du denkst nur an diesen ... diesen ultra-blöden Fatzke vom Film?" Empört schüttelte sie den Kopf. „Ich fass es nicht!"

Kiki funkelte Rebecca an und wandte sich an Bente. „Klar,

tut mir echt Leid wegen eben und so", sagte sie schnell. „Toll, dass du okay bist, Bente. Aber trotzdem ... Hast du Henning Sandborg nun gesehen oder nicht?"

Bente war sprachlos. Ungläubig starrte sie die Freundin an.

„Sorry, Kiki", sagte sie, als sie wieder sprechen konnte, „aber während meines Fluges hatte ich keine Gelegenheit, mir irgendwelche Schauspieler aus der Nähe anzugucken." Sie drehte sich um und fügte über die Schulter hinzu: „Vielleicht klappt es beim nächsten Mal. Ich sag dir Bescheid."

„Aber Henning ist nicht *irgendein* Schauspieler", protestierte Kiki. „Er ist berühmt! Er ist der Star der Serie!"

Rebecca trat vor Kiki und zischte leise: „Du und dein dämlicher Star! Bente hätte sich das Genick brechen können!" Demonstrativ wandte sie sich ab und ließ Kiki stehen.

„Aber, aber ...", stammelte Kiki. Sie hielt Torphys Führleine in der Hand und strich ihrem Pferd gedankenverloren über den Hals. Dankbar rieb der Dunkelbraune seinen verschwitzten Kopf an Kikis ehemals weißem T-Shirt und hinterließ einen weiteren schönen, giftgrünen Grasfleck.

Ein Junge schob sich achtlos an Kiki und Torphy vorbei in Bentes Richtung.

„Mensch, Bente", sagte er nur, als er vor ihr stand.

Bente grinste. „Hallo, Sven. Keine Panik, ich bin okay."

„Echt?"

„Ja, ganz echt."

Sven machte ein besorgtes Gesicht. „Soll ich Flippi für dich nach Hause führen?"

„Nach Hause? Willst du nicht mit den anderen baden?", fragte Bente verdutzt.

„Herr von Hohensee hat mich gebeten, mich um dich und

Flippi zu kümmern und euch zum Schloss zu begleiten", erklärte Sven. „Das Schwimmen fällt aus."

Ein paar der Umstehenden fingen zwar an zu murren, aber die meisten waren erleichtert. Ihnen war nach dem Schock ohnehin nicht mehr nach fröhlichem Plantschen zumute. Die ersten wendeten bereits ihre Pferde. In diesem Moment hob Herr von Hohensee eine Hand und sagte laut: „Wir kehren um, Herrschaften! Für heute reicht's. Das Schwimmen holen wir nach, versprochen. Bente muss zum Arzt, ihr Handgelenk muss desinfiziert und verbunden werden und sie braucht Ruhe."

Bente wollte protestieren, aber ein kurzer Blick des Reitlehrers genügte.

Sie nickte und murmelte: „Okay, einverstanden." Wenn sie ehrlich war, war sie sogar froh über die Entscheidung. Ihr Handgelenk hatte angefangen, höllisch zu brennen. Zudem pochte es unangenehm und wurde zusehends dicker. Auch ihre Knie fühlten sich jetzt reichlich wacklig an. Es war wirklich vernünftiger umzukehren. Dankbar reichte sie Sven Flippis Führleine.

„Soll ich dich stützen?", fragte der Junge besorgt.

Bente lachte. „Nein, danke, Sven, aber das ist wirklich nicht nötig. Und außerdem musst du ja auch noch deinen Blacky führen. Ich glaube, mit zwei Pferden hast du mehr als genug zu tun."

„Okay, aber sag Bescheid, wenn dir schlecht wird oder so, ja?", verlangte Sven. „Wenn es gar nicht geht, musst du eben reiten."

Bente versprach, sich rechtzeitig zu melden, und stapfte schon los, als die Abteilung noch einmal aufgehalten wurde.

Bente drehte sich um. Sie hatte überhaupt nicht mehr an den merkwürdigen Mann aus dem Fluss oder das Filmteam vom Ufer gedacht. Jetzt sah sie, dass der Mann und zwei Frauen bei Herrn von Hohensee standen und mit ihm sprachen.

Der Reitlehrer schüttelte bedauernd den Kopf. Er führte sein Pferd ein paar Schritte vorwärts.

„Wenden Sie sich diesbezüglich bitte an die Internatsleitung, Herr Lauenstein", sagte er so laut, dass alle ihn hörten. „Über Dreharbeiten auf dem Schlossgelände habe ich nicht zu entscheiden. Das ist Sache von Frau Dr. Paulus. Auf Wiedersehen."

Mit einem Lächeln reichte ihm eine der Frauen eine Karte. Ohne einen Blick darauf zu werfen, steckte Herr von Hohensee sie in seine Hemdentasche und gab seiner Abteilung das Kommando zur endgültigen Rückkehr zum Schloss.

Ein Raunen ging durch die Abteilung. Dreharbeiten auf dem Schlossgelände? Ein Filmteam im Internat? Kiki riss die Augen auf und bemühte sich, mit Torphy an die Seite des Reitlehrers zu gelangen. Auf dem Nachhauseweg bestürmte sie ihn mit Fragen. Herr von Hohensee schmunzelte und machte ein geheimnisvolles Gesicht.

„Viel kann ich dir nicht erzählen, Kiki", sagte er schließlich. „Der Herr, mit dem ich mich eben unterhalten habe, ist Regisseur. Er heißt Lutz Lauenstein."

„Ja, ich weiß." Kiki nickte begeistert. „Er ist der Regisseur von der *Klinik am Meer*."

„Stimmt genau. Die beiden Damen an seiner Seite waren die Aufnahmeleiterin und eine Kameraassistentin, wenn ich es richtig mitbekommen habe. Ich verstehe leider nicht allzu viel von solchen Sachen."

„Ach, das macht doch nichts, Herr von Hohensee", versicherte Kiki ihm schnell. „Aber was war das vorhin mit den Dreharbeiten? Hab ich richtig gehört? Will Herr Lauenstein tatsächlich auf Rosenberg drehen?"

Herr von Hohensee nickte. „Ja, es sieht ganz danach aus. Zurzeit hat das Team – so sagt man ja wohl – noch Außenaufnahmen zu machen. Aber Herr Lauenstein plant später auch ein paar Szenen mit unserem Schloss als Kulisse. Er wird alles Weitere mit Frau Dr. Paulus besprechen." Jolly Jumper schnappte nach einem verdorrten Zweig. Herr von Hohensee zog seinem Pferd den trockenen Ast vorsichtig wieder aus dem Maul und schimpfte leise mit ihm.

„Hoffentlich waren Sie vorhin nicht so fies zu Herrn Lauenstein", sagte Kiki vorwurfsvoll. „Ich kann ja verstehen, dass Sie sauer waren wegen der Autos und dem blockierten Weg und allem, aber Filmleute sind sehr sensibel." Sie warf Herrn von Hohensee einen Blick zu. Der Reitlehrer zog eine Augenbraue hoch. „Also, wenn Sie zu hart mit dem Regisseur umgesprungen sind", fuhr Kiki ungerührt fort, „wird er sich die Sache mit dem Schloss womöglich noch mal überlegen. Das wäre natürlich fatal. Ich meine, stellen Sie sich das mal vor: Unser Internat im Fernsehen! Zur besten Sendezeit! Was für eine Werbung!" Sie stöhnte leise auf. „Und Sie haben das vielleicht alles vermasselt, nur weil Sie sich so aufgeregt haben!"

„Na, Kiki, jetzt übertreibst du aber", entgegnete Herr von Hohensee streng. „Natürlich war ich böse, sehr böse sogar. Immerhin wäre fast ein schlimmer Unfall geschehen. Ich habe das selbstverständlich mit Herrn Lauenstein geklärt. Die Sache ist erledigt. Aber wenn du mir jetzt unterstellst, ich hätte mich nicht korrekt verhalten, dann ..."

„Nein, um Gottes willen! So war das nicht gemeint!“ Kiki zuckte schuldbewusst zusammen. Dass sie aber auch nie die Klappe halten konnte! „Wenn Sie die Angelegenheit als erledigt betrachten, ist ja alles gut, Herr von Hohensee! War natürlich auch superblöd von dem Team, die Autos ohne Genehmigung mitten auf den Weg zu stellen“, beeilte sie sich hinzuzufügen.

„Na, das will ich wohl meinen“, war die brummige Antwort.

Kiki atmete erleichtert auf. Hinter einer Biegung des Weges war schon die schneeweiß gestrichene Fassade des Pferde-Internats zu sehen. Sie seufzte und wischte sich den klebrigen Schweiß von der Stirn. Tief in Gedanken versunken, malte sie sich aus, wie sie die breite Treppe des Schlosses hinunterschritt. Am Fuße der Treppe stand ein strahlender Henning Sandborg. Er breitete die Arme aus und ...

„Ach, übrigens“, sagte Herr von Hohensee beiläufig, „Herr Lauenstein sucht für die Aufnahmen noch ein paar Statisten. Vielleicht wäre das was für dich? Du scheinst dich ja sehr für Film und Fernsehen zu interessieren.“

„Wow!“, entfuhr es Kiki. Sie stolperte über eine Baumwurzel und wäre fast hingefallen. Zum Glück konnte sie sich an Torphys Schulter abstützen. „Das ist ja cool“, murmelte sie. „Danke, dass Sie es mir gesagt haben, Herr von Hohensee.“

„Gern geschehen, Kiki“, antwortete der Reitlehrer, aber Kiki hörte ihm gar nicht mehr zu.

Das Internat kommt ins Fernsehen, dachte sie verträumt. Und ich bin dabei.

5

„Kannst du wirklich mit der linken Hand essen oder soll ich dir helfen?" Sven hatte seinen Stuhl dicht neben den von Bente geschoben und ließ sie keine Sekunde aus den Augen.

„Danke, Sven, es geht schon", antwortete Bente leicht gereizt. „Oder willst du mich etwa füttern?"

Karlchen kicherte in ihr Haferflockenschälchen. Rebecca grinste.

Bentes Handgelenk war dick verbunden. Der Arzt hatte die Wunde gründlich gereinigt und einen Salbenverband angelegt. Außerdem hatte er ihr geraten, die Hand möglichst hoch zu halten, um die Schwellung und den Schmerz zu lindern.

Bente kam sich ziemlich albern vor, wie sie so mit halb erhobenem Arm am Abendbrottisch saß und versuchte, in Ruhe zu essen. Es wäre gar nicht so schlimm, wenn Sven nicht seinen Stammplatz verlassen und sich neben Bente gesetzt hätte. Er beobachtete jeden einzelnen Bissen, den sie machte, mit Argusaugen und quittierte jeden herabfallenden Krümel mit einem mitleidigen Stöhnen. Es war so peinlich! Bente wäre am liebsten aufgestanden und in ihr Zimmer gegangen. Aber sie hatte tierischen Hunger.

„Soll ich dir noch ein Brot schmieren?", fragte Sven. „Oder einen Teller Suppe holen?"

„Etwas Salat wäre nett", sagte Bente. „Aber bitte nur Blattsalat, keine Tomaten." Sie seufzte auf, als Sven aufsprang und zum Büfett eilte.

Karlchen und Rebecca konnten nicht länger an sich halten. Sie prusteten laut los.

„Haha", knurrte Bente. „Wahnsinnig witzig, vielen Dank."

„Wer den Schaden hat, hat das Vergnügen", stieß Karlchen kichernd hervor. Eine Lachträne lief ihr die Wange hinunter.

„Es heißt zwar etwas anders, Karlchen", gluckste Rebecca und hielt sich den Bauch, „aber das macht nichts. Liebe kann so schön sein, aber zu viel davon ..." Ein erneuter Lachanfall hinderte sie daran weiterzusprechen.

Bente machte ein komisch-verzweifeltes Gesicht. „Pst, kein Wort mehr!", zischte sie. „Er kommt zurück!"

Mit einem Lächeln nahm sie Sven den Salatteller ab und bedankte sich. Als er fragte: „Was möchtest du trinken? Darf ich dir etwas bringen?", brachte sie ihn mit einem Aufblitzen ihrer blauen Augen zum Schweigen und wechselte das Thema.

„Wo steckt Kiki eigentlich?", wollte sie von Rebecca wissen. „Hat sie sich in eurem Zimmer verbarrikadiert, um ungestört von ihrem süßen Henning zu träumen?"

Rebecca zuckte mit den Achseln. „Schon möglich, keine Ahnung. Nach unserer Rückkehr hat sie nur kurz geduscht und sich umgezogen. Ich glaube, sie wollte in den Musikraum." Sie schnappte sich ein knackiges Radieschen von Bentes Teller und zerbiss es krachend. „Vielleicht will sie ein Geigenstück für diesen Film-Fuzzi komponieren, wer weiß?"

„Ich glaube eher, sie übt schon mal, Make-up aufzutragen", mutmaßte Karlchen, während sie geräuschvoll ihre Haferflockenschale auskratzte. „Beim Film sind doch alle Tussis geschminkt. Da möchte unsere Kiki diesem Sandmann ganz sicher nicht blass und ohne rote Bäckchen unter die Augen treten, falls sie ihm mal unverhofft über den Weg läuft."

„Borg, nicht Mann. Der Auserwählte heißt Sand*borg*", korrigierte Rebecca die Dänin. „Ist ja auch egal, jedenfalls geht mir Kiki mit ihrem Film-Fimmel mächtig auf den Keks. Ich fand ihr Verhalten vorhin am Fluss unmöglich, ihr etwa nicht?"

Karlchen und Bente nickten einhellig. Sie sahen auf, als Daniel sein Tablett auf den Tisch stellte und sich neben Rebecca setzte. Er gab ihr einen Kuss und stöhnte: „Sagt bitte nicht, dass ihr auch im Filmfieber seid. Die halbe Schule spricht von nichts anderem mehr. Total ätzend!"

„Wir nicht", beruhigte Bente ihn. „Nur unsere liebe Kiki."

Daniel, der gerade eine Brötchenhälfte mit Butter bestreichen wollte, hielt mitten in der Bewegung inne. „Kiki?" Bente nickte. „Oha", murmelte Daniel. „Lasst das nur nicht Patrick wissen. Ich glaube, der ist mega-eifersüchtig."

„Na, das kann ja heiter werden, obwohl ..." Karlchen leckte zum Abschluss ihrer Mahlzeit die Schale aus und klopfte mit dem Löffel dagegen. „Ich weiß zwar nicht, was meine Oma dazu sagen würde, aber ich sage mal: Nichts wird so heiß gegessen, wie es gekocht wird."

„Wie bitte?", fragten Bente und Rebecca wie aus einem Munde.

„Na ja, ich finde, wir sollten vielleicht erst mal abwarten", erklärte Karlchen. „Vielleicht wird's ja gar nicht so schlimm mit Kiki und dem Filmstar."

Leider sollte Karlchen mit ihrem Optimismus nicht Recht behalten. Es wurde schlimmer, als es sich die Freundinnen in ihren ärgsten Fantasien ausmalen konnten.

Als Rebecca nach dem Abendessen in das gemeinsame Zimmer zurückkehrte, das sie mit Kiki teilte, hatte diese vollkommen umdekoriert. Wo vorher Pferdeposter und Landschaftsaufnahmen hingen, prangten jetzt Filmfotos und Zeitungsausschnitte von Henning Sandborg in allen Lebenslagen. Entsetzt wich Rebecca zurück, als der Schauspieler sie fast lebensgroß von der Badezimmertür angrinste.

„Das geht zu weit", sagte Rebecca leise. „Das ist zu viel." Ohne den Blick von Herrn Sandborg zu nehmen, schrie sie: „Kiki! Bist du da? Ich muss dringend mit dir sprechen!"

Kiki, die auf dem Balkon gesessen und gelesen hatte, trat ins Zimmer. Sie stellte sich hinter Rebecca und guckte ihr über die Schulter.

„Ist er nicht süß?", fragte sie unbekümmert. „Ich habe ein bisschen umdekoriert. Hoffentlich gefällt es dir?"

Rebecca schnaubte leise und zählte bis zehn. „Nein!", sagte sie schließlich.

„Wie bitte?"

„Nein", wiederholte Rebecca. „Es gefällt mir nicht. Stell dir vor, Kiki, es gefällt mir ganz und gar nicht." Sie machte eine weit ausholende Geste. „Dieses Zimmer gehört zur Hälfte mir. Ich glaube kaum, dass ich es aushalte, aus jeder Ecke von diesem ... diesem Heini angeglubscht zu werden!" Kiki wollte etwas sagen, aber Rebecca hob eine Hand und redete einfach weiter: „Zuerst fand ich deine Schwärmerei ja ganz niedlich. Wir wollten dir immerhin behilflich sein und das Fernsehteam ausfindig machen, damit du den Sandborg mal aus der Nähe sehen kannst. Aber das hier?" Sie pochte dem Portrait des Schauspielers auf die Nase. „Das ist zu viel! Ich verlange von dir, dass du unser Zimmer unverzüglich in seinen ursprünglichen Zustand zurückversetzt. Ich will es genau so, wie es war, als ich es vorhin verlassen habe, klar? Und zwar ein bisschen plötzlich!“ Sie nickte heftig, um ihre Worte zu unterstreichen. „Von mir aus stell dir ein Foto von dem Kerl auf den Nachttisch“, sagte sie noch. „Aber dreh es bitte so herum, dass ich es nicht sehen muss!“

Kiki schnappte nach Luft. Entgeistert starrte sie Rebecca an, die sich abrupt umgewandt hatte und so tat, als würde sie nach ihren Schnecken sehen.

„Du hast hier überhaupt nichts zu verlangen“, sagte sie schließlich in scharfem Ton. „Wie du richtig bemerkt hast, gehört dir nur die eine Hälfte des Zimmers; die andere gehört mir! Und weißt du was?“ Sie baute sich hinter Rebecca auf und tippte ihr mit dem Zeigefinger zwischen die Schulterblätter. „Mit meiner Hälfte kann ich machen, was ich will! Die Bilder bleiben hängen, basta! Deine dämlichen Sonnenauf- und -untergänge gehen mir schon lange auf den Keks, nur dass du's weißt. Und diese ... diese schleimigen Viecher hier“, sie deutete auf die Schnecken, „nerven mich auch!“ Mit einer schwungvollen Bewegung warf sie ihre langen Haare nach hinten und funkelte Rebecca zornig an.

„Ach ja?“, zischte Rebecca. „Dann merk dir das hier.“ Sie ging zur Badezimmertür und riss das Bild von Henning Sandborg ab. „Diese Tür gehört dir nicht!“

Kiki fuhr herum. Sie nahm Rebecca das Bild aus der Hand und klebte es energisch wieder an die Tür. „Diese Hälfte schon, liebe Rebecca!“

Den Rest des Abends verbrachten die Freundinnen in eisigem Schweigen. Jede setzte sich an ihren Schreibtisch und versuchte, die liegen gebliebenen Hausaufgaben zu erledigen. Hin und wieder seufzte die eine, wobei die andere es geflissentlich überhörte. Obwohl Balkontür und Fenster weit offen standen, war die Luft in dem kleinen Raum stickig und unerträglich warm.

Als Rebecca ins Bad ging, um sich die Zähne zu putzen, stellte sie fest, dass sogar hinter dem Badezimmerspiegel ein Foto von Sandborg klemmte. Mit spitzen Fingern nahm sie es ab und stopfte es demonstrativ in Kikis Zahnputzbecher.

„So nicht, liebe Kiki", sagte sie leise. „Nicht mit mir."

Ohne sich Gute Nacht zu wünschen, kletterte jede auf ihrer Seite des Zimmers ins Bett. Rebecca drehte sich zur Wand und schloss die Augen. Obwohl sie schwitzte, zog sie sich die Decke über den Kopf.

6

Auch am nächsten Morgen fand zwischen Kiki und Rebecca keine Form der Kommunikation statt. Bente und Karlchen registrierten es zwar, beschlossen aber, sich vorerst nicht einzumischen. Jeder im Internat hatte mal Zoff; Kiki und Rebecca bildeten da keine Ausnahme. Man ging sich dann ein Weilchen aus dem Weg, redete bei Gelegenheit in Ruhe über die Sache und vertrug sich wieder. So einfach war das.

Das heißt, ganz so einfach war es in Kikis und Rebeccas Fall natürlich nicht: Die beiden teilten sich ein Zimmer, saßen im Unterricht und im Speisesaal nebeneinander, hatten gemeinsame Freundinnen und Freunde und ritten zusammen in einer Abteilung – es war fast unmöglich, sich aus dem Weg zu gehen. Trotzdem ignorierten sie sich, so gut es ging; sie versuchten es jedenfalls. In der Klasse rückten sie – so weit es der Tisch eben zuließ – voneinander weg. Es sah ziemlich blöd aus, wie die eine an der linken Tischecke klebte, die andere an der rechten. Aber Bente und Karlchen hatten sich hartnäckig geweigert, die Plätze zu tauschen, wie Rebecca es vorgeschlagen hatte. Jetzt rutschte andauernd Kikis Federmäppchen runter, weil sie es ganz am Rande des Tisches platzieren musste. Wenn sie nicht so sauer gewesen wäre, hätte Rebecca darüber gelacht. Bente schüttelte den Kopf und machte ein sorgenvolles Gesicht.

„Och, meine Oma sagt immer: ‚Pack schlägt sich, Pack verträgt sich'", nuschelte Karlchen. Sie warf Kiki und Rebecca einen amüsierten Blick zu und biss von ihrem Müsliriegel ab, den sie unter dem Tisch deponiert hatte. „Das gibt sich schon wieder, keine Bange. Also, mein Snude und ich zanken uns auch manchmal wegen Kleinigkeiten. Dann sprechen wir tagelang nicht miteinander, aber ..."

Leider erfuhr niemand, wie Karlchen die Unstimmigkeiten zwischen sich und ihrem Pony aus der Welt zu schaffen pflegte. Frau Dr. Paulus hatte den Raum betreten. Die Gespräche verstummten, Karlchen legte den Rest des Riegels zurück und würgte den letzten Bissen herunter.

„Guten Morgen!" Obwohl es noch sehr früh am Morgen und schon sehr warm war, sah die Direktorin frisch und munter aus. Sie trug ein luftiges Sommerkleid und hatte die eisgrauen Haare locker hochgesteckt. Ihre intelligenten braunen Augen blitzten hinter einer schicken, randlosen Brille.

„Guten Morgen, Frau Dr. Paulus!", erwiderte die 8b nicht ganz so schwungvoll.

Frau Dr. Paulus legte ihre Tasche auf das Pult und trat ans Fenster, das weit geöffnet war. Neunzehn Augenpaare folgten ihr. „Also, ihr Lieben", sagte sie schließlich und wandte sich der Klasse zu. „Wie ihr alle inzwischen erfahren haben dürftet, ist zurzeit ein Fernsehteam in der Umgegend des Schlosses Rosenberg unterwegs, um hier Episoden für eine bekannte Vorabendserie zu drehen." Kiki seufzte hörbar auf. Frau Dr. Paulus warf ihr einen fragenden Blick zu, bevor sie fortfuhr: „Einige von euch hatten sogar bereits mehr oder minder engen Kontakt zu diesem Team", sie schenkte Bente, die verlegen an ihrer bandagierten Hand zupfte, ein warmes Lächeln, „was der Regisseur, Herr Lutz Lauenstein, zum Anlass genommen hat, mich anzurufen und um einen Termin zu bitten."

Ein Raunen ging durch die Klasse.

„Hier wird ein Film gedreht?“, fragte Marie-Claire. Sie warf ihre blonde Haarpracht über die Schultern und klimperte mit den langen Wimpern. „Das muss ich sofort meinen Eltern mitteilen. Sie werden begeistert sein, dass endlich so etwas wie internationales Flair in dieses Gemäuer einzieht.“

Frau Dr. Paulus runzelte die Stirn und wollte etwas erwidern, als Kiki sich meldete und sagte: „Ich habe gehört, Herr Lauenstein sucht für einige Szenen noch Statisten. Ich würde mich gerne bewerben. Können Sie mir sagen, wann und wie das möglich ist?“

Rebecca stöhnte laut auf und verbarg das Gesicht in den Händen. Kiki gab ihr unter dem Tisch einen Tritt, der wegen des großen Abstandes zwischen den beiden nicht sehr kräftig ausfiel. Trotzdem reagierte Rebecca umgehend.

„Aua! Spinnst du?“, entfuhr es ihr. „Blöde Kuh!“ Sie funkelte Kiki giftig an.

„Rebecca!“, sagte Frau Dr. Paulus streng. „Also, bitte!“

„Entschuldigung“, murmelte Rebecca.

Kiki lächelte und meldete sich erneut. „Können Sie vielleicht schon etwas Näheres über das Auswahlverfahren für die Statisterie sagen, Frau Dr. Paulus?“, fragte sie betont höflich, was Rebecca ein neuerliches Stöhnen abrang.

„Nein, leider nicht, Kiki“, gab die Direktorin Auskunft. „Herr Lauenstein kommt heute Nachmittag in mein Büro, um die Termine abzustimmen. Ich habe mir die Entscheidung, hier auf dem Rosenberg Filmarbeiten zuzulassen, übrigens nicht leicht gemacht. So etwas bringt natürlich sehr viel Unruhe mit sich.“ Sie lehnte sich gegen die Kante des Lehrerpults und verschränkte die Arme vor der Brust. „Aber nach

Absprache mit dem Vorstand und dem Kollegium habe ich mich entschlossen, der Fernsehproduktionsgesellschaft Teile des Internats und der Außenanlagen befristet zur Verfügung zu stellen. Immerhin ist es eine schöne Werbung für uns, wenn unsere Schule ins Fernsehen kommt, nicht wahr? Auch die Chance, Dreharbeiten hautnah mitzuerleben, bekommen wir sicher so schnell nicht noch einmal. Ich bin davon überzeugt, dass es für uns alle eine spannende und lehrreiche Erfahrung sein wird."

„O ja, das bin ich auch", murmelte Kiki halblaut. Sie schlug sich erschrocken die Hand vor den Mund, aber Frau Dr. Paulus schien nichts gehört zu haben. Die Direktorin fuhr fort: „Da der Unterricht und unser gesamter Tagesablauf durch die anhaltende Hitzewelle ohnehin schon sehr eingeschränkt sind, werden wir durch die Anwesenheit der Filmleute wohl kaum mehr beeinträchtigt werden, als es ohnehin schon der Fall ist. Trotzdem bitte ich euch um Ruhe und Disziplin während der Dreharbeiten. Ich werde Herrn Lauenstein ein bis zwei Tage Zeit geben. Das wird sicher genügen, um unsere Schule und die schöne Umgebung ins rechte Licht zu rücken, nicht wahr? Fein." Sie nickte zufrieden und zog ein Buch aus ihrer Tasche. „Und nun schlagt bitte eure Bücher auf. Wo waren wir gestern stehen geblieben?"

Kiki schnippte mit den Fingern. Frau Dr. Paulus sah von ihrem Buch auf.

„Bitte, Kiki?"

„Ähm, wegen der Statistenrollen ..."

„Kiki, wir haben Unterricht. Ich werde dir Bescheid geben, sobald ich Näheres weiß. Jetzt steck bitte deine Nase ins Buch und lies die erste Aufgabe vor."

Karlchen flüsterte: „Was sind eigentlich Statisten?"

„Das sind die Leute, die in Filmen im Hintergrund stehen oder durchs Bild laufen und wichtige Gesichter machen, als hätten sie was Dringendes zu erledigen", wisperte Bente zurück. „Sie haben nur stumme Rollen. Sprechen dürfen Statisten nicht."

„Aha", brummte Karlchen. „Dann dienen sie also sozusagen nur zur Dekoration?"

Bente nickte. „Ja, so kann man das bezeichnen."

„Na, klasse", meinte Karlchen. „Das ist ja genau das Richtige für unsere Kiki – wo sie doch so gerne im Vordergrund steht!"

„Karolin und Bente, würdet ihr so freundlich sein und eure private Konversation auf die Pause verschieben?" Frau Dr. Paulus war unbemerkt von den Mädchen vor ihren Tisch getreten und musterte sie streng.

„Selbstverständlich, Frau Dr. Paulus", sagte Bente schnell.

„Klar." Karlchen nickte. Als die Direktorin sich umdrehte, flüsterte sie: „Du, Bente, was ist eigentlich eine private Konversation?"

Am Nachmittag schlenderte Kiki quer über den Schlossplatz zu den großzügigen Stallungen des Pferde-Internats. Rebecca, Bente und Karlchen machten mit Miss Wedgewood eine Radtour an den Strand. Kiki verspürte nicht die geringste Lust, am Strand zu faulenzen oder in den Nordseewellen herumzutoben. Jetzt, da sie wusste, dass das Fernsehteam wirklich in der Nähe war und jeden Moment hier auftauchen konnte, zog sie es natürlich vor, auf dem Internatsgelände zu bleiben.

Undenkbar, dass Henning Sandborg das Schloss betrat, ohne dass Kiki davon etwas mitbekam! Sie wollte die Erste sein, die ihn begrüßte! Obwohl ... die Pauli hatte am Morgen nur von Herrn Lauenstein gesprochen. Sicher wollte der Regisseur sich zunächst einmal alleine umsehen. Henning hatte als Hauptdarsteller der Serie natürlich unheimlich viel zu tun, überlegte Kiki. Sie setzte sich im Schatten einer ausladenden Ulme auf einen Feldstein und fuhr sich durchs Haar. Von hier hatte sie die Auffahrt genau im Blick. Die Filmcrew fuhr diese großen, weißen Kombis, wie sie inzwischen wusste. Sobald eines dieser auffälligen Fahrzeuge sich dem Schloss näherte, würde sie aufspringen und –

„Kiki!", riss eine laute Stimme sie aus ihren Träumen. „Was machst du denn hier?"

Es war Patrick, der aus einem der Stallgebäude trat. Er hielt einen großen Besen in der Hand. Gesicht und Oberkörper des jungen Pferdewirts waren von einer dunklen Staubschicht bedeckt. Offenbar hatte er gerade die Stallgasse gefegt.

Kiki verzog das Gesicht und zwang sich zu einem Lächeln.

„Hallo, Patrick! Och, ich hatte Langeweile und habe mir ein schattiges Plätzchen gesucht." Sie stand auf und ging ihm entgegen, wobei sie versuchte, die Einfahrt im Auge zu behalten.

Patrick stellte den Besen ab und wollte Kiki in die Arme nehmen. Geschickt wich sie ihm aus und gab ihm mit spitzen Lippen einen Kuss auf die Wange. Auf keinen Fall wollte sie mit dieser Schweiß- und Schmutzschicht in Berührung kommen, die ihren Freund zierte.

„Du hast Recht", sagte Patrick lachend. „Ich seh bestimmt ziemlich schrecklich aus. Aber unter der Dusche geht das wieder ab, versprochen. Warum bist du nicht mit den anderen ans Meer gefahren?“

„Viel zu heiß“, war Kikis knappe Antwort.

Patrick schien zu überlegen. „Du, vielleicht können wir beide heute Abend schwimmen gehen, wenn die größte Tageshitze vorbei ist“, schlug er vor. „Ich muss noch die Futterkammer sauber machen. Das dauert sicher ein oder zwei Stunden, aber danach würde mir eine kleine Erfrischung bestimmt gut tun. Was hältst du davon? Nur du und ich. Ich frage Merle, ob sie mir ihren Motorroller leiht.“

„Ja, vielleicht, mal sehen“, erwiderte Kiki vage. „Ich muss noch Hausaufgaben machen. Du, ist Torphy im Stall oder auf der Koppel?“

Patrick wies mit dem Kinn in Richtung Koppel. „Er steht mit den anderen im Schatten und lässt die Ohren hängen. Wird Zeit, dass die Dürre zu Ende geht. Langsam finden die Pferde kein Gras mehr auf den Weiden.“

„Ist es so schlimm?“, fragte Kiki erschrocken. Patrick nickte. Das Motorengeräusch eines sich nähernden Fahrzeugs ließ beide herumfahren. Ein weißer Kombi rumpelte über die Kopfsteinpflasterauffahrt, beschrieb einen eleganten Bogen und kam schließlich vor dem Schlossportal zum Stehen. Kiki hielt den Atem an. Eine auffällige Aufschrift prangte an der Seite des Wagens: „Novaworld TV- and Video-Productions“. Sie fühlte, dass ihr Herz plötzlich schneller schlug. In dem Kombi saßen mehrere Personen, aber er stand zu weit von ihr entfernt, als dass Kiki etwas erkennen konnte.

„Wow! Die Filmleute!“ Patrick schirmte seine Augen mit der Hand gegen die Sonne ab und stellte sich auf die Zehenspitzen. „Spannend, dass die hier drehen wollen, nicht?“

„Und wie“, sagte Kiki hastig. „Du, wir sehen uns später, ja? Beeil dich mit der Stallarbeit, damit es vielleicht noch klappt mit dem Schwimmen. Ich muss jetzt meine Hausaufgaben machen.“ Sie gab Patrick einen flüchtigen Kuss und ließ den verdutzten Jungen einfach stehen.

7

Auf kürzestem Weg lief Kiki zum Schloss zurück. Als sie bemerkte, dass an dem Kombi die Türen geöffnet wurden, blieb sie stehen und tat so, als hätte sich an ihren Sandalen eine Schnalle gelöst. Sie bückte sich und nestelte an einem Riemchen herum, wobei sie das Filmfahrzeug durch den Vorhang ihrer langen Haare ständig im Auge behielt. Vier Personen stiegen aus, zwei Frauen und zwei Männer. Kiki sah sofort, dass ihr Schwarm Henning Sandborg nicht dabei war.

„Shit!", fluchte sie leise. Sie richtete sich auf und strich sich die Haare aus dem Gesicht, dann schlenderte sie betont lässig auf die Fernsehleute zu.

Auch wenn Henning nicht mitgekommen war, durfte Kiki sich die Chance, auf der Karriereleiter vielleicht einen ersten Schritt als Statistin zu machen, nicht entgehen lassen. Und dass nicht die Schauspieler, sondern ganz andere Mitglieder des Teams die Statistenrollen vergaben, wusste Kiki aus einschlägigen Zeitschriften. Sie setzte ein strahlendes Lächeln auf und sagte höflich: „Guten Tag, kann ich Ihnen behilflich sein? Suchen Sie jemanden?"

Die Fernsehleute drehten sich um und musterten sie freundlich und neugierig zugleich. Kiki erkannte den Regisseur, Lutz Lauenstein, und die beiden Frauen wieder, die sich mit Herrn von Hohensee am Fluss unterhalten hatten. Eine der Frauen streckte die Hand aus und ging Kiki entgegen.

„Hallo", sagte sie. „Wohnst du hier?"

Kiki nickte. „So kann man es auch nennen. Ich bin Schülerin des Pferde-Internats. Kiki van der Slooten ist mein Name, angenehm." Wow, das hatte sich doch ziemlich gut angehört, fand Kiki.

„Freut mich, Kiki. Ich darf doch Kiki sagen? Mein Name ist Carmen Seide. Ich bin Aufnahmeleiterin der Novaworld." Sie zwinkerte Kiki zu. „Und das hier", sie wandte sich um und stellte ihre Begleiter vor, „sind unser Regisseur Lutz Lauenstein, seine Assistentin Steffi Karmann und unser Kameramann Kurt Wegner, genannt Kuddel."

Kiki verspürte ein flaues Gefühl in der Magengegend. Das hörte sich alles so professionell und wichtig an. Was machte sie hier überhaupt? Bildete sie sich wirklich ein, diese Profis beeindrucken zu können? Sie zwang sich zu einem Grinsen. „Cool. Und Sie wollen hier auf dem Rosenberg einen Film drehen?"

Die Aufnahmeleiterin sah sich um und nickte.

Herr Lauenstein warf einen Blick auf seine Uhr. Eine dunkle Brille verbarg seine Augen. „Ich muss los", brummte er. „In zwei Minuten bin ich mit der Frau ..., äh, Frau ..."

„Frau Dr. Paulus, Lutz", kam ihm seine Assistentin Steffi zu Hilfe.

„Ja, genau. Mit der Frau Dr. Paulus, der Chefin des Ganzen, nicht wahr? Ja, mit der bin ich verabredet." Über den Rand der getönten Brillengläser warf er Kiki einen kurzen Blick zu. „Wenn du Zeit und Lust hast, könntest du Carmen und Kuddel schon mal die *location* und das *setting* zeigen, während Steffi und ich mit deiner Chefin alles besprechen."

Kiki nickte. Sie fand es etwas schräg, die von allen respektierte Direktorin des Internats als „Chefin" zu bezeichnen, aber wahrscheinlich gehörte das zum normalen Umgangston unter Fernsehleuten. Aber, was zum Kuckuck, waren eine *location* und ein *setting*?

Während der Regisseur und seine Assistentin im Schloss verschwanden und der Kameramann den Schlosshof durch eine Art Fernglas betrachtete und sich Notizen machte, legte Carmen einen Arm um Kikis Schulter.

„Als *location* bezeichnen wir den Drehort", sagte sie, als hätte sie Kikis Gedanken gelesen, „und die Umgebung nennen wir *setting*. Lass dich von unserem Fach-Chinesisch nur nicht ins Bockshorn jagen. Also, magst du uns das Internatsgelände zeigen?"

„Klar", erwiderte Kiki. „Was möchten Sie denn sehen?"

„Eigentlich alles", gab Carmen lachend zurück.

Kiki zeigte der Aufnahmeleiterin also alles, was ihr am Schloss Rosenberg besonders interessant und sehenswert erschien. Kameramann Kuddel stapfte schweigend nebenher, linste hin und wieder durch sein Spezialglas, das, wie er kurz erklärte, ein Winkelmesser für Kameraeinstellungen war, und schrieb dabei fast unentwegt in ein zerfleddertes Notizbuch. Frau Seide bat Kiki beiläufig, sie Carmen zu nennen. „Beim Fernsehen duzen wir uns alle, weißt du?"

Kiki straffte die Schultern. Durch das vertrauliche „wir" fühlte sie sich schon fast dazugehörig. Es war ein unbeschreiblich tolles Gefühl!

Als die kleine Gruppe die Stallungen passierte und zu den weitläufigen Pferdeweiden kam, fragte Carmen: „Reitest du?" Sie blieb am Zaun stehen, legte die Oberarme auf die oberste Latte und stützte das Kinn darauf. Kuddel visierte mit dem

Winkelmesser die dösenden Pferde an und brummte etwas Unverständliches.

„Ja, ich habe sogar ein eigenes Pferd", erwiderte Kiki. „Der dunkelbraune Wallach dort hinten." Sie wies in Torphys Richtung. Er stand mit hängendem Kopf im Halbschatten, gähnte herzhaft und schubberte gerade seine staubige Kruppe an einem Zaunpfahl.

Carmen und Kuddel wechselten ein paar Worte in ihrem „Fach-Chinesisch". Beide schienen sehr zufrieden mit dem, was sie sahen.

„Wir nehmen die Pferde als Hintergrund für die dritte Szene", sagte Carmen. „Das wird ganz wunderbar. Ich sehe es direkt vor mir." Kuddel nickte, Kiki hörte gespannt zu. „Henning kommt also in seinem Sportwagen die Allee entlang, sieht die Pferde, hält an. Er zögert kurz, biegt ab und hält direkt auf das Schlossportal zu. Schnitt. Er steigt aus, geht über den Hof und nimmt genau hier", Carmen schlug mit der flachen Hand auf die Zaunlatte, „sein Handy aus der Tasche. Er ruft in der Klinik an und fragt nach seiner Patientin, der jungen Gräfin. Er wird blass und – Schnitt!" Sie klatschte in die Hände. Kiki zuckte zusammen.

Kuddel machte sich schnell ein paar Notizen. „Ich markiere am besten schon mal die vorläufigen Kamerapositionen", sagte er. Es war der erste vollständige Satz, den Kiki von ihm hörte.

Der Kameramann zog eine kleine Sprühdose aus den Tiefen seiner weiten Cargo-Hose und machte sich daran, an verschiedenen Stellen pinkfarbene Kreuze und andere Zeichen aufzusprühen. Er schien ein leidenschaftlicher Sprayer zu sein, denn nur wenig später prangten fast überall – auf dem alten Steinpflaster des Hofes, am Scheunentor, an Stalltüren, Treppen und Weidezäunen – die auffällig leuchtenden Markierungen.

„Na, hoffentlich geht das wieder ab", murmelte Kiki. Die Begeisterung der „Chefin" und des Stallmeisters würde sich ob dieser Kunstwerke ganz sicher in sehr engen Grenzen halten. Beide, Frau Dr. Paulus und Maximilian Much, konnten derartige Schmierereien auf den Tod nicht leiden!

„Wie bitte?", fragte Carmen freundlich.

„Ach, nichts." Kiki stand mit der jungen Frau noch immer am Weidezaun. Hinter dem Hengststall tauchte plötzlich Patricks Kopf auf. Er spähte in ihre Richtung, grinste und winkte. „Du, Carmen", sagte Kiki schnell, das Winken ihres Freundes ignorierend, „kennst du den Henning Sandborg eigentlich sehr gut?" Es fiel ihr ein bisschen schwer, die fremde Frau zu duzen. Aber sie würde sich schon daran gewöhnen; schließlich gehörte sie ja schon fast zum Team!

„Henning? Aber ja!" Carmen zündete sich eine dünne Zigarette an und blies Kiki den Rauch ins Gesicht. „Die Serie läuft ja schon knapp drei Jahre. Die meisten von uns sind von Anfang an dabei." Kiki hustete und wandte sich leicht ab. „Wir sind wie eine große Familie!", rief Carmen fröhlich.

„Cool", sagte Kiki. „Und wann kommt Herr Sandborg hierher? Ich meine, muss er sich nicht auch alles ansehen, bevor richtig gedreht wird?"

Die Aufnahmeleiterin trat ihre Zigarette im Staub aus und ließ die Kippe einfach liegen. Kiki fand das nicht besonders toll. Sie nahm sich vor, das Teil später aufzusammeln und zu entsorgen. Mit einem Stirnrunzeln quittierte sie, dass auch Kuddel eine halb gerauchte Zigarette achtlos hinter sich schnippte. Kiki schüttelte den Kopf. So eine Rücksichtslosigkeit! Nun waren es schon zwei Exemplare, für die sie Müllabfuhr spielen musste. Dabei standen doch überall Abfalleimer.

„Henning hat heute seinen drehfreien Tag“, unterbrach Carmen Kikis Gedankengänge. „Er ruht sich aus, fährt ein bisschen spazieren. Henning ist ein Profi. Wenn gedreht wird, ist er da und spielt. Und mit der Auswahl der Drehorte hat er ohnehin nichts zu tun; das ist unser Job.“ Sie drehte sich um und rief: „Kuddel, hast du alles?“

„Jo!“, rief Kuddel zurück. „Bin so weit!“

„Ich hätte da noch eine Frage“, sagte Kiki hastig. Carmen und Kuddel bewegten sich schon auf den Kombi zu; sie schienen mit ihrem „Job“ fertig zu sein.

„Ja, Kiki?“

„Brauchst du vielleicht noch ein paar Statisten? Ich würde mich gerne bewerben.“

Carmen zog eine Augenbraue hoch. „Hm, gut möglich“, sagte sie. „Für eine oder zwei Szenen vielleicht schon. Ich muss das mit Lutz noch alles durchsprechen.“

Wie auf Kommando trat in diesem Augenblick der Regisseur in Begleitung seiner Assistentin aus dem Schloss. Die dunkle Brille baumelte an einem schmalen Lederband vor seiner Brust.

„Perfekt“, sagte er. „Wir kriegen die *location* für den Dreh. Übermorgen geht's los. Seid ihr so weit?“ Er öffnete schon die Beifahrertür, als sein Blick auf Kiki fiel. „Du, Mädchen, komm doch mal her.“

„Meinen Sie mich?“ Kiki trat einen Schritt vor. Der kommandierende Tonfall des Regisseurs gefiel ihr ganz und gar nicht. Vielleicht war das der normale Umgangston für ihn, aber trotzdem – Kiki fand Herrn Lauenstein mit einem Mal gar nicht mehr so sympathisch.

„Kennst du das hübsche Mädchen mit dem braunen Pferd, das so gerne schwimmt?“ Herr Lauenstein setzte schon einen Fuß ins Auto. „Sag ihr, sie soll sich bei mir melden. Ich will eine oder zwei Szenen mit ihr drehen.“

Kiki blieb fast die Spucke weg – nicht nur wegen des rüden Tons, sondern auch wegen der Frage.

„Meinen Sie etwa Bente?“

„Woher soll ich wissen, wie das kleine Naturtalent heißt?“, kam es mürrisch zurück. „Gibt es hier denn mehrere braunhaarige Mädchen, die mit ihren Pferden durchs Unterholz brechen, um dann mit einem einzigen Satz in der Mitte eines Flusses zu landen? Gehört das hier bei euch etwa zum Schulunterricht?“ Er schnaufte und kletterte vollends in den Kombi. „Also. Sag ihr bitte, dass ich sie übermorgen am *set* erwarte, ja?“ Ohne ein weiteres Wort schlug er die Autotür zu.

Kiki war sprachlos. Sie konnte gerade noch „Tschüs!“ rufen, da rollte der Wagen schon vom Hof und ließ sie in einer Staubwolke zurück.

„So ein Blödmann!“, schimpfte Kiki. Sie ging quer über den Hof und sammelte die Zigarettenstummel ein. Wütend warf sie sie in einen Abfalleimer. Dann kletterte sie über den Weidezaun und ging zu Torphy. Sie verspürte das dringende Bedürfnis, die Arme um den Wallach zu legen, an seinem warmen Fell zu schnuppern und ihm alles zu erzählen.

Für ein Warmblutpferd war Torphy zwar ungemein verständnisvoll und er hörte auch sehr aufmerksam zu, als Kiki ihm das

Fell kraulte, über Herrn Lauenstein schimpfte und ihm ihr Herz ausschüttete, dennoch beschloss Kiki, am Abend Rebecca, Bente und Karlchen die Ereignisse des Nachmittags zu schildern. Trotz des Streites und der Tatsache, dass sie und Rebecca eigentlich nicht mehr miteinander sprachen, war es vielleicht doch besser, sich mit zweibeinigen Wesen auszutauschen. Sie gab Torphy einen Kuss auf die Nase und verabschiedete sich von ihm. Auf dem Rückweg ging sie bei Patrick vorbei, um ihm zu sagen, dass sie abends keine Zeit für ihn haben würde.

Patrick verzog ärgerlich das Gesicht.

„Was soll das heißen, du hast was Dringendes mit deinen Freundinnen zu bequatschen?", fragte er. „Ich hab mich extra mit der Stallarbeit beeilt und jetzt lässt du mich hängen?"

„Meine Güte, Patrick, sei nicht so ätzend!", schimpfte Kiki zurück. „Ich hatte einen anstrengenden Nachmittag mit Carmen und Kuddel und ..."

„Carmen und Kuddel?"

„Die Aufnahmeleiterin und der Kameramann der Novaworld", erklärte Kiki lässig. „Ich hab ihnen alles gezeigt, die *location* und das *setting*, du weißt schon."

„Hä?", machte Patrick. „Tut mir Leid, Kiki, aber ich weiß gar nichts." Er machte eine Pause und starrte Kiki mit seinen tiefbraunen Augen an. „Nur so viel, dass du, seit diese Filmtypen in der Nähe sind, ziemlich rumzickst. Ich weiß ja, dass du auf diese schleimige Blondlocke stehst, aber ..."

„Schleimige Blondlocke?! Sprichst du etwa von –"

„Von diesem Schauspieler, diesem ... Sandburg, oder wie er heißt, jawohl", knurrte Patrick. „Ich hab schon gehört, dass du dein Zimmer mit Bildern von ihm zugepflastert hast."

„Erstens heißt er Sandborg, zweitens ist er nicht schleimig und drittens: Woher weißt du das mit den Bildern?“

Patrick winkte ab. „Ach, Kiki, in einem Internat spricht sich so etwas schnell rum, das solltest du eigentlich wissen.“

„Na, wenn das so ist“, fauchte Kiki, „kann ich ja gehen. Ciao, Patrick. Man sieht sich.“ Sie wandte sich um, blieb aber noch einmal stehen. „In den nächsten Tagen werde ich übrigens kaum Zeit für dich haben. Übermorgen fangen die Dreharbeiten an.“

„Mir doch egal, mach, was du willst“, schnaubte Patrick. Er trat gegen einen Besen und verschwand im Stall.

Wutschnaubend stapfte Kiki über den Hof. Die paar Stufen der Schlosstreppe nahm sie mit einem Satz. In der Halle und auf den langen Fluren war es ruhig. Keine Menschenseele sah, wie Kiki sich ein paar Tränen von der Wange wischte und heulend in ihr Zimmer lief.

Dort angekommen warf sie sich aufs Bett, wo sie immer noch lag und beleidigt die Decke anstarrte, als Rebecca kam.

Rebecca zog die Stirn kraus, sagte aber nichts. In aller Ruhe brachte sie ihre Strandsachen ins Bad und widmete sich Juan, Carlos und Speedy, als Kiki sich endlich räusperte und vorsichtig „Du, Rebecca?“, sagte.

„Was gibt's?“, fragte Rebecca knapp, ohne den Blick von den Schnecken zu nehmen.

„Die Fernsehleute waren hier.“ Kiki richtete sich auf.

„Wie schön für dich. Und?“

Kiki raufte sich die Haare. Warum machte Rebecca es ihr nur so schwer? „Na ja, ich habe mit der Aufnahmeleiterin gesprochen und ihr alles gezeigt und so. Sie will den Regisseur fragen, ob ich eine Statistenrolle bekomme.“

„Ist doch Spitze!“, rief Karlchen. Sie war über den Balkon gekommen und steckte ihren Wuschelkopf ins Zimmer. Bente folgte ihr. Beide machten erleichterte Gesichter, weil Kiki und Rebecca wieder miteinander sprachen.

„Und? Hast du Henning Sandborg gesehen?“, wollte Bente wissen. „Sieht er wirklich so gut aus?“ Sie warf einen Blick auf die Bilder an der Wand.

„Nein, er war nicht mit“, erwiderte Kiki bedauernd. „Aber ich habe eine tolle Überraschung für dich.“

„Für mich?“, fragte Bente erstaunt. „Was denn?“

„Der Regisseur interessiert sich für dich“, sagte Kiki mit einem schweren Seufzer. „Er hält dich nach deinem Auftritt an der Eider für ein echtes Naturtalent. Er möchte dich und Flippi anscheinend für ein paar Szenen haben.“

Rebecca riss die Augen auf und ließ ein Salatblatt auf ihre Schnecken fallen.

Karlchen schlug Bente mit der flachen Hand zwischen die Schulterblätter. „Wow! Du bist ein Star! Du musst mir sofort ein Autogramm geben!“

Bente bekam einen Hustenanfall. Hilfreiche Hände klopften ihr auf den Rücken und machten es nur schlimmer. Mit Tränen in den Augen stieß sie hervor: „Aufhören! Bitte, hört auf! Ich krieg keine Luft mehr!“

Rebecca stürzte ins Bad und kam mit einem Glas Wasser zurück. „Trink einen Schluck und setz dich. Und dann erzählt Kiki uns alles der Reihe nach“, schlug sie vor.

Kiki schilderte den Freundinnen den Nachmittag in aller Ausführlichkeit. Sie ließ nichts aus – weder die weggeworfenen Zigarettenkippen und die pinkfarbenen Markierungen noch den unmöglichen Ton des Regisseurs.

„So ein blöder Hund“, meckerte Karlchen. „Was bildet der sich eigentlich ein?“

„Und wieso interessiert er sich ausgerechnet für mich?“, erkundigte Bente sich noch einmal.

Kiki gab wortwörtlich wieder, was Herr Lauenstein über sie gesagt hatte. Bente lachte laut auf.

„Und der Fatzke bildet sich tatsächlich ein, ich würde in seiner Serie mitspielen? Na, da kann er lange drauf warten!“ Sie schüttelte den Kopf. „Nee, das ist nichts für mich. Ich würde sterben, wenn ich vor einer Kamera stehen müsste. Das überlasse ich lieber anderen.“ Grinsend guckte sie Kiki an. „Was hältst du davon, wenn ich dir Flippi leihe?“

„Warum?“, fragte Kiki begriffsstutzig zurück.

„Du übernimmst meinen Part! Du willst doch unbedingt an der Seite von Henning Sandborg vor der Kamera stehen, oder nicht?“ Kiki nickte. „Siehst du!“, rief Bente. „Wir setzen dich auf Flippi und schicken euch in die Eider oder sonst wo hin. So wie du den Lauenstein schilderst, merkt der den Unterschied doch gar nicht.“ Triumphierend sah sie die anderen an. „Die Filmleute kriegen ihren Film und Kiki ihren Traumpartner! Genial, oder?“

8

Zwei Tage später war auf Schloss Rosenberg der Teufel los. Der sonst so idyllische Schlosshof war mit Wohnwagen, Aufnahme- und sonstigen Fahrzeugen regelrecht zugeparkt. Überall wurden Schweinwerfer aufgebaut und meterweise dicke, schwarze Kabel verlegt. An den unmöglichsten Stellen standen und liefen fremde Menschen. Karlchen beschwerte sich ohne Unterlass.

„Nee, so was“, grummelte sie schon beim Frühstück, nachdem sie im Flur vor dem Speisesaal über eine Kabelrolle gestolpert war und einen Scheinwerfer umgerissen hatte. Es hatte ein ziemliches Chaos gegeben. Ein Kameraassistent und zwei Beleuchter hatten mächtig geschimpft. Zuerst hatte Karlchen zurückgeschimpft, aber dann hatte sie den Männern einen Vogel gezeigt und sie einfach stehen lassen.

„Junge“, brummte sie in ihre Haferflocken, „so viel Stress am frühen Morgen kann ich gar nicht gut vertragen. Muss das denn wirklich sein, dass die hier so ’nen Aufstand machen?“

„Tja, das gehört wohl dazu“, meinte Bente gleichmütig.

Kiki saß den beiden gegenüber und rutschte nervös auf ihrem Stuhl hin und her. Sie brachte keinen Bissen herunter. Irgendwo da draußen war Henning Sandborg. Nicht mehr lange und sie würde ihn zum ersten Mal in voller Lebensgröße sehen!

„Nun hör endlich auf, so zu zappeln!“, blökte Karlchen sie genervt an. „Du machst mich noch ganz wuschig!“

„Seid ihr denn gar nicht aufgeregt?“, fragte Kiki. „Hier wird eine echte Fernsehserie gedreht und ihr frühstückt in Ruhe und beschwert euch auch noch über die Umstände? Ich fass es nicht!“

Rebecca hatte ihr Frühstück beendet und sich die Morgenzeitung von Frau Wuttig ausgeliehen.

„Von Westen her nähert sich uns ein umfangreicher Tiefausläufer“, las sie laut vor. „Er bringt Wolkenfelder und viel Regen mit sich. Die Temperaturen werden auf cirka 18 Grad sinken. Örtlich sind Gewitter und schwere Sturmböen mit Hagelschauern möglich. Wie schön.“ Sie faltete die Zeitung zusammen und legte sie ordentlich auf den Tisch.

„Was ist schön?“, fragte Bente.

„Na, dass diese Mörder-Hitze bald vorbei ist!“ Rebecca schüttelte den Kopf. „Hast du nicht zugehört? Es wird kühler und es gibt Regen. Die Dürre hat ein Ende. Das wird Juan, Carlos und Speedy bestimmt freuen. Und unseren Nerven tut eine kleine Abkühlung auch gut.“

„Herrn Lauenstein wird das aber gar nicht freuen“, wandte Kiki ein. „Regen, Hagel, Gewitter, schwere Sturmböen – so ein drastischer Wetterumschwung bringt doch den gesamten Drehplan durcheinander!“

„Es gibt eben noch Dinge in unserem Universum, auf die auch ein erfolgsgewohnter Regisseur keinen Einfluss hat, liebe Kiki“, erwiderte Rebecca. „Außerdem wird es nicht sofort regnen, sondern erst in den nächsten Tagen. Bis dahin sind die Typen wahrscheinlich längst fertig. Hoffentlich“, fügte sie hinzu. Rebecca machte keinen Hehl daraus, dass ihr die Anwesenheit der Fernsehleute ziemlich auf die Nerven ging. Sie hatte kein Verständnis dafür, dass die halbe, nein, eigentlich die ganze Schule inklusive des Lehrkörpers dermaßen aus dem Häuschen war. An normalen Unterricht war überhaupt nicht zu denken.

Daniel stellte sein Tablett auf den Tisch und ließ sich auf einen Stuhl fallen. Er grinste über das ganze Gesicht.

„Hast du mitten im Sommer den Weihnachtsmann gesehen“, fragte Karlchen irritiert, „oder warum strahlst du so?“

Daniel beugte sich vor. „Seht ihr die Tussi am Tresen?“, raunte er den Mädchen zu.

„Welche? Die mit den roten Locken?“, fragte Bente laut. Sie erhob sich halb von ihrem Stuhl, um besser sehen zu können. Daniel zog sie wieder runter.

„Pscht!“, machte er. „Ja, die meine ich. Das ist Marlies, die Maskenbildnerin. Wisst ihr, was sie eben zu mir gesagt hat?“ Er kicherte leise.

„Du wirst es uns bestimmt gleich verraten“, vermutete Rebecca seufzend.

„Sie hat gesagt, ich hätte ein markantes Gesicht“, flüsterte Daniel. „Man könnte viel daraus machen.“ Er legte eine wirkungsvolle Pause ein, bevor er sagte: „Sie hat gesagt, ich sollte unbedingt zum Film gehen!“

Bente lachte laut los. „Ausgerechnet du?!“

„Wow!“, machte Kiki. „Echt?“

„Was?“, entfuhr es Rebecca. „Fängst du jetzt auch noch an zu spinnen? Mir reichen schon Kikis Star-Allüren!“

Daniel legte ihr einen Arm um die Schultern. „Keine Panik. Ich hab ihr gesagt, ich würde in Ruhe darüber nachdenken.“

„Wenigstens hast du eine Alternative, falls es mit der Schule nicht klappen sollte“, sagte Karlchen. „Ist doch praktisch, nicht? Wenn du vom Internat fliegst, gehst du einfach zum Film."

„Hahaha", maulte Daniel. „Wirklich originell, Karlchen. Wer steht denn in Mathe auf 'ner glatten Fünf – du oder ich?"

Karlchen leckte genüsslich die letzten Haferflocken aus ihrem Schälchen. „Ist aber eine gute Fünf", erwiderte sie gelassen. „Mit starker Tendenz zur Vier, hat die Pauli gesagt. Also, zerbrich dir nicht meinen Kopf, Daniel." Sie stand auf. „So, Mädels, dann wollen wir mal, was?"

Studienrat Hartmann stand mit auf dem Rücken verschränkten Armen am Fenster und beobachtete das lebhafte Treiben auf dem Hof. Er hielt einen Auslöser in der Hand und drückte hin und wieder auf einen Knopf. Ein Projektor warf Dias einer kargen Wüstenlandschaft auf eine Leinwand hinter ihm.

„Wie gesagt: Schreibt einfach in Stichpunkten auf, was ihr seht", erläuterte Herr Hartmann. „Später erarbeitet ihr aus euren Notizen einen Aufsatz über die Wüste Gobi und die dort herrschenden klimatischen Bedingungen. Nicht unter zwei Seiten, wenn ich bitten darf."

Ein Stöhnen lief durch die Klasse. Karlchen tippte sich an die Stirn und streckte Herrn Hartmann hinter seinem Rücken die Zunge raus. Sie schob Bente ihr Heft rüber.

„Dia 1: Wüste bei Tag", stand da. „Dia 2: Wüste bei Nacht. Dia 3: Wüste im Wüstensturm", und so weiter.

Bente kicherte. Ihre Aufzeichnungen waren auch nicht wesentlich ergiebiger. Sie fragte sich, wie daraus jemals ein ordentlicher zweiseitiger Aufsatz entstehen sollte.

Die Einzige aus der Klasse, die der Dia-Show aufmerksam

folgte und sich dabei auch noch gewissenhaft Notizen machte, war Rebecca.

Kiki malte verträumt Herzchen auf ein Löschpapier, Marie-Claire und Krista blätterten in der neusten *Bravo*, wobei sie angeregt tuschelten und kicherten. Das Brummen des betagten Diaprojektors war so laut, dass eine leise Unterhaltung durchaus möglich war, solange der Lehrer – wie Herr Hartmann – seine Aufmerksamkeit anderen Dingen widmete.

Vollkommen ungestört spielten Mikka und Torben etwas, das sie „Tintenball" nannten: Mit der Spitze eines Zirkels hatten sie die kleine Plastikkugel aus einer leeren Füllerpatrone herausgestochert, um diese mit ihren Geodreiecken auf der Tischplatte hin und her zu schießen. Aus Radiergummis und Anspitzern hatten sie sogar kleine Tore gebaut. Karlchen, Bente und ein paar andere guckten interessiert zu. Den Aufnahmen von der Steppenlandschaft der Wüste Gobi schenkten sie kaum noch Beachtung.

Herr Hartmann bekam von alledem nichts mit. Er war so in die Betrachtung der Vorbereitungen für die Dreharbeiten auf dem Schlosshof vertieft, dass er die Unruhe in seiner Klasse erst bemerkte und sich umdrehte, als ein paar Schüler laut lachten: Eine Kamelkarawane durchwanderte die karge Steppe auf dem Kopf. Kiki hob den Kopf von ihren Herzchen, Mikka und Torben unterbrachen ihr Match.

„Wie schön", freute sich Herr Hartmann, „dass ihr solch lebhaftes Interesse am Thema zeigt!" Mit spitzen Fingern nahm er das Dia aus der Schiene, dreht es richtig herum und betätigte wieder die Fernbedienung. „Und ich hatte schon befürchtet, die innerasiatische Beckenlandschaft wäre zu trocken für euch!" Er lachte über seinen eigenen Witz, als es zur Pause läutete. „Denkt dran: Zwei Seiten bis übermorgen!“, konnte er gerade noch rufen, während die Mädchen und Jungen schon an ihm vorbei ins Freie drängten.

Die achte Klasse hatte nach der großen Pause eine Freistunde – eine günstige Gelegenheit, um ein bisschen Fernsehluft zu schnuppern. Da der Pausenhof mit Aufnahmefahrzeugen zugeparkt war, wichen Kiki, Bente, Karlchen und Rebecca auf den Schlosspark aus. Im Schatten eines Rosenspaliers aßen sie ihr Frühstück und versuchten, von hier aus einen Blick hinter die Kulissen des aufregenden Geschehens zu werfen. In dem hektischen Gewusel der Fernsehleute und dem Gewirr von Scheinwerfern, Kameras und Mikrofonen waren einzelne Gesichter kaum auszumachen, sosehr sie sich auch anstrengten, endlich einen Prominenten zu Gesicht zu bekommen. Karlchen maulte gerade, wie langweilig sie das alles fände, als Kiki aufsprang, als wäre sie von etwas gestochen worden.

„Da ist er!“, kreischte sie und hielt sich sogleich eine Hand vor den Mund.

„Ist dir schlecht?“, fragte Bente besorgt. „Du bist ganz blass.“

Kikis Zeigefinger deutete in Richtung des Springbrunnens, der am Ende des Parks stand und dessen Wasser wegen der Trockenheit schon lange abgestellt war. „D-da“, stammelte sie. „Ich sehe ihn. Er ist es ... Henning Sandborg!“

„Was?“, entfuhr es Bente. „Echt wahr? Bist du sicher? Wo?“ Sie stellte sich neben Kiki und starrte ebenfalls zum Springbrunnen. „Wow! Tatsächlich! Junge, sieht der gut aus!“

„Lasst mich auch mal gucken!“ Karlchen drängelte sich vor die beiden Freundinnen. „Macht doch mal Platz. Ich seh gar nichts", jammerte sie. „Welcher ist es? Der lange Dünne oder der Kleine mit dem Hut?"

„Keiner von beiden natürlich!" Kiki warf Karlchen einen empörten Blick zu und schüttelte den Kopf. „Der lange Dünne ist Kuddel, der Kameramann, und der Kleine mit dem Hut ist der Regisseur, Herr Lauenstein. Sag mal, brauchst du eine Brille, Karlchen? Henning ist der Blonde mit dem Jeanshemd und der weißen Hose! Da, er lehnt am Brunnen und tut so, als würde er telefonieren!" Kiki drehte Karlchens Kopf in die richtige Richtung.

„Ach der", brummte Karlchen. „Ja, nett. Aber wieso tut er nur so, als würde er telefonieren?"

Kiki stöhnte auf und überließ es Bente zu erklären, dass man beim Film fast immer nur so tat „als ob".

„Ist eben alles Fassade", murmelte Rebecca. Sie stand auf einer Bank und hatte den besten Überblick. „Sieht aus, als würden sie eine Pause machen. Der Beleuchter hat gerade die Scheinwerfer abgestellt. Ja, jetzt nimmt der Kameramann auch die Kamera runter." Sie hüpfte von der Bank und stupste Kiki in die Seite. „Scheint so, als wäre das deine Chance! Los, geh hin. Tu einfach so, als würdest du spazieren gehen und ganz beiläufig am Brunnen vorbeikommen. Verwickel ihn in ein Gespräch, mach ihm schöne Augen, was weiß ich."

„Was soll ich?", fragte Kiki fassungslos.

„Du sollst dich in Richtung Springbrunnen bewegen." Rebecca schob sie schon vorwärts. „Gleich haut er ab, dann klappt das mit dem Kennenlernen nie. Los, mach schon!"

„Klar, Kiki", schloss Bente sich an. „Das ist *die* Gelegenheit, um an ihn ranzukommen!"

„Ja, schnapp ihn dir!“ Karlchen spähte durch das Rosenspalier. „Er ist noch da!“

„Spinnt ihr komplett?“, jammerte Kiki. „Ich kann doch nicht einfach –“

„O doch, du kannst!“ Rebecca gab ihr einen Schubs. „Los, Abmarsch!“

„Aber ich hab nicht die richtigen Klamotten an“, protestierte Kiki schwach. „Ich muss mich umziehen, ich muss duschen, ich –“

„Vorwärts!“, zischte Rebecca. „Da geht's lang!“

9

Kiki fand sich auf dem schmalen Kiesweg wieder, der sich kreuz und quer durch den Park schlängelte. Sie hörte ihre Freundinnen tuscheln, aber sie dachte nicht daran, umzukehren. Man konnte ihr vieles nachsagen, aber dass sie feige war ganz gewiss nicht!

„Kleine Scherzkekse", murmelte sie in Richtung des Rosenspaliers. „Ihr werdet Augen machen!"

Zum Erstaunen der drei anderen warf sie den Kopf in den Nacken, zupfte ihr knappes T-Shirt zurecht und ging entschlossen auf den Springbrunnen zu – oder vielmehr auf den blonden Mann, der sich lässig dagegen lehnte.

„Erinnert euch das nicht an etwas?", raunte Karlchen Bente und Rebecca in ihrem Versteck zu.

„Hm, ja, du hast Recht. Es ist genau wie damals, als sie in Daniel verknallt war", sagte Bente. „Damals brauchte sie auch einen kräftigen Tritt in den Hintern. Meine Güte, fast hätten wir sie zu ihrem Auserwählten tragen müssen!" Sie schüttelte lachend den Kopf. „Was für ein Theater!"

Karlchen grinste breit. „Tja, und dann kam Rebecca und hat sich den süßen Daniel gekrallt. Stille Wasser sind tief, ja, ja."

Rebecca sog scharf die Luft ein. „Das nimmst du sofort zurück, Karolin Karlsson!"

„Was? Das mit dem stillen Wasser?", fragte Karlchen erstaunt. „Aber das sagt meine Oma auch immer."

„Nein, das nicht!“, fauchte Rebecca. „Sondern dass ich mir Daniel gekrallt habe! Es war ganz anders, das wisst ihr genau!“

Bente brummte tief, als wollte sie ein nervöses Pferd besänftigen. „Ganz ruhig, Rebecca. So war das nicht gemeint.“

„Nee, echt nicht“, sagte Karlchen versöhnlich. „Wir wissen doch genau, wie das damals mit dir und Daniel und Kiki war. Schließlich waren wir sozusagen live dabei.“

Rebecca schnaubte, aber sie verzog das Gesicht zu einem kleinen Grinsen. „Genau wie jetzt, meinst du wohl?“

„Bingo!“

„Okay, dann lasst uns mal gucken, was die kleine Kiki so macht.“ Bente schob ein paar Rosenzweige zur Seite und spähte hindurch.

Kiki ging schnurstracks auf den Brunnen zu. Ein nervöses Lächeln umspielte ihre Mundwinkel. Die anderen hatten zwar Recht – die Gelegenheit war einmalig günstig, sie durfte sie sich nicht entgehen lassen –, trotzdem beschleunigte sich ihr Puls, je näher sie dem Schauspieler kam. Was zum Teufel sollte sie nur zu ihm sagen? *So ein Zufall! Herr Sandborg, was machen Sie denn hier?* Kiki stöhnte leise auf. Unmöglich! Nein, so ging das nicht.

Sie sah, dass Herr Lauenstein, Kuddel und die Beleuchter ein paar Worte wechselten und dann gemeinsam verschwanden. Henning Sandborg blieb allein im Park zurück. Er wandte sein Gesicht der Sonne zu und schloss die Augen.

„Wow!“, dachte Kiki. „Ich könnte mich glatt anschleichen, ohne dass er's merkt!“

Sie blieb stehen, holte tief Luft und sagte, wie um sich Mut zu machen: „Los, Kiki, wer nicht wagt, der nicht gewinnt!“

Sie lachte, als sie weiterging. „O Mann, ich hör mich schon an wie Karlchens Oma!"

Als sie nur noch wenige Schritte vom Brunnen beziehungsweise von Herrn Sandborg, trennten, wieherte auf der benachbarten Koppel ein Pferd. Ein anderes antwortete laut. Henning Sandborg zuckte zusammen. Er riss die Augen auf und sah sich verwirrt um. Sein Blick blieb an Kiki hängen.

Kiki blieb abrupt stehen. Sie starrte den Schauspieler an und dachte: „Hilfe, ich sterbe!"

„Was machen die da?" Karlchen spähte immer noch durch die Rosenranken.

„Keine Ahnung", sagte Bente. „Wurzeln schlagen und sich anglotzen, so wie's aussieht."

Rebecca verließ die Deckung und warf einen Blick um die Ecke. Sie nahm ihre Brille ab und rieb sie an einem Zipfel ihres T-Shirts ab. Sie brauchte einen klaren Durchblick.

Kiki stand direkt vor Henning Sandborg. Es war unglaublich. Sie fiel nicht in Ohnmacht, versank nicht im Erdboden, nein, sie stand da und lächelte ihn an, als würde sie jeden Tag Fernsehstars im Rosenberger Schlosspark treffen.

„Hättet ihr Kiki *das* zugetraut?", fragte Rebecca. Sie hatte sich wieder hinter das Spalier zurückgezogen und ließ sich auf eine Bank fallen.

„Nee", sagte Bente. „Im Leben nicht!"

„Doch, ich schon", meinte Karlchen. „So ein Schauspieler ist schließlich auch nur ein Mensch, oder etwa nicht?"

Kiki hatte sich wieder gefangen und ging auf Henning Sandborg zu. „Guten Tag", sagte sie von weitem. „Störe ich?"

Der Schauspieler löste sich vom Brunnen. Kiki überlegte,

ob sie ihm die Hand geben sollte, aber er nahm ihr die Entscheidung ab. Er reichte ihr die Hand und stellte sich vor. „Hallo. Nein, du störst überhaupt nicht. Mein Name ist Sandborg", sagte er freundlich. „Henning Sandborg."

„Klar, weiß ich doch, ähm, ich meine ..." Kiki wurde rot. Sie hoffte inständig, dass es unter ihrer Sonnenbräune nicht auffallen würde. Sie räusperte sich und sagte schnell: „Ich wollte sagen, ich weiß natürlich, wer Sie sind, Herr Sandborg." Sie erwiderte seinen festen Händedruck.

„Und du? Hast du keinen Namen? Oder muss ich schon ‚Sie' zu dir sagen?" Der Schauspieler grinste.

„Quatsch, nein, sagen Sie ruhig Kiki zu mir", erwiderte Kiki.

„Okay, dann sagst du aber auch Henning zu mir." Er holte tief Luft und ließ den Blick über den Park und die weitläufigen Schlossgebäude schweifen. „Ein traumhaftes Fleckchen Erde ist das hier. Lebst du schon lange auf Schloss Rosenberg?" Er setzte sich auf das schmale Steinmäuerchen, das den Springbrunnen umfasste, und klopfte mit der flachen Hand darauf. Kiki setzte sich vorsichtig neben ihn.

Zu ihrer eigenen Verwunderung war sie plötzlich ganz ruhig und entspannt. Henning Sandborg benahm sich so normal und natürlich, dass man fast vergessen konnte, dass er ein berühmter Star war. Kiki musterte ihn aufmerksam, als sie ihm in wenigen Sätzen schilderte, wie sie nach der Trennung ihrer Eltern Internatsschülerin geworden war.

Henning Sandborg nickte. „Das wäre auch etwas für meine Kinder", sagte er ganz in Gedanken. „Freunde aus allen Herren Ländern, Pferde, Natur, das nahe Meer –" Er breitete die Arme aus. „Was kann sich ein Kind mehr wünschen?"

Kiki zuckte zusammen. *Kinder*? Hatte sie richtig gehört?

„Na ja, unsere Tochter ist erst sieben", fuhr der Schauspieler lachend fort. „Unser Sohn wird im Herbst drei. Ein bisschen Zeit bleiben meiner Frau und mir also noch für die Wahl der richtigen Schule. Aber ich denke, ich werde mir trotzdem schon mal die Unterlagen des Internats besorgen, wenn die Dreharbeiten vorbei sind." Er stieß Kiki vertraulich an. „Oder spricht etwas dagegen, dass ich meine Kinder hierher schicken sollte?", fragte er. „Sei ehrlich: Fühlst du dich hier wohl oder ist Rosenberg eine schreckliche Schule?"

„Also, ich muss sagen, ich ..." Kiki brach ab. Sie starrte Herrn Sandborg an. „Ich wusste gar nicht, dass Sie Kinder haben. Und dass Sie verheiratet sind, auch nicht."

Einen Moment war Henning Sandborg sprachlos. Dann lachte er. „Oha, habe ich etwas Falsches gesagt?"

Kiki schüttelte den Kopf. „Nein, natürlich nicht. Entschuldigung." Mühsam suchte sie nach den richtigen Worten. Sie kam sich unheimlich blöd vor.

„Du willst sagen, dass du noch nie etwas über meine Familie gehört oder gelesen hast, stimmt's?"

„Ja, genau!"

„Nun, das liegt daran, dass ich alles Private streng von der Öffentlichkeit abschirme", sagte Herr Sandborg ernst. „Ich bin Schauspieler und prominent, daher stehe ich im Rampenlicht, das gehört zu meinem Beruf. Aber meine Kinder sollen davon unbehelligt aufwachsen. Ich möchte nicht, dass ihre Fotos oder die von meiner Frau ständig in irgendwelchen Klatschblättern auftauchen, verstehst du?"

„Klar, ich spiele Geige und stehe selbst auch manchmal im Rampenlicht, bei Auftritten, Konzerten und so", Kiki nickte.

„Natürlich ist das nicht so krass wie bei ihnen", schränkte sie ein. „Aber dass so ein Leben in der Öffentlichkeit ganz sicher anstrengend ist, kann ich mir gut vorstellen." Sie machte eine Pause und sah den Schauspieler plötzlich mit ganz anderen Augen. Er sah wirklich gut aus, ja. Aber in seine braune Haut hatten sich schon unzählige tiefe Falten eingegraben. Und wenn man genauer hinsah – so wie Kiki jetzt –, durchzogen sogar schon weiße Strähnen sein blondes Haar.

Er war älter, als er auf den Fotos aussah, die man überall von ihm zu sehen bekam. Kiki schätzte, dass er mindestens so alt war wie ihr Vater – und der war schon über Vierzig!

Kiki schüttelte den Kopf. Ihre Schwärmerei kam ihr plötzlich total albern vor. Offenbar hatte sie einen ganz anderen Menschen angehimmelt, als den, den sie jetzt vor sich sah. Sie musste lachen.

„Lässt du mich mitlachen?", fragte Herr Sandborg schmunzelnd.

„Nein, Henning, tut mir Leid, das geht nicht", antwortete Kiki. „Das ist einfach zu persönlich!"

„Kiki! Da bist du ja!" Eine laute Stimme ließ sie und Sandborg herumfahren. „Ich habe dich schon überall gesucht!"

„Carmen!", riefen Kiki und der Schauspieler gleichzeitig.

Die Aufnahmeleiterin blieb stehen. „Ihr kennt euch? Wie schön, dann muss ich euch ja nicht mehr vorstellen."

„Wir sind so etwas wie Kollegen, liebe Carmen." Henning Sandborg zwinkerte Kiki zu. „Diese junge Dame ist nämlich auch Künstlerin. Sie spielt Geige."

„Aha, soso", murmelte Carmen. „Das hilft mir allerdings nicht weiter." Sie wandte sich an Kiki. „Ich brauche Pferde und ich brauche Reiter. Kannst du mir helfen, Kiki?"

„Pferde? Reiter? Kein Problem. Wie viele brauchst du?" Kiki zuckte mit den Schultern. „Rosenberg ist ein Pferde-Internat, wie der Name schon sagt."

Im Gefolge der Aufnahmeleiterin waren der Regisseur, der Kameramann und ein paar weitere Mitglieder des Teams im Park eingetrudelt.

„Ah, da ist das Mädchen endlich", schnaufte Herr Lauenstein. Er schwitzte und spähte in den Brunnen. „Warum ist dieses Ding trocken? Kann man das nicht aktivieren? Ich brauche Wasser!"

Steffi, die junge Regieassistentin, machte sich hastig ein paar Notizen. „Ich werde mich sofort darum kümmern, Lutz", murmelte sie und lief eilig davon.

„Ja, fein." Herr Lauenstein zog ein Taschentuch hervor und wischte sich den Schweiß von der Stirn. „Ich habe eben mit deiner Chefin, der Frau Dr. Paulus gesprochen", sagte er zu Kiki. „Also, ich hätte morgen gerne ein paar gute Reiter als Statisten für Fernaufnahmen. Eigentlich wollte ich ja nur das blonde Mädchen mit dem braunen Pferd für ein paar Hintergrundszenen haben, aber die Frau Dr. Paulus hat mir zu verstehen gegeben, dass sie es nicht gerne sehen würde, wenn diesbezüglich Einzelne bevorzugt würden. Zumal nicht gesichert ist, dass das Mädchen für Aufnahmen überhaupt zur Verfügung steht. Frau Dr. Paulus scheint eine Dame mit Prinzipien zu sein."

Kiki zog die Augenbrauen hoch.

„Sie hat wortwörtlich gesagt, die Rosenberger Reiter gibt es entweder nur im Ganzen oder gar nicht", flüsterte Carmen ihr zu. „Hier wären alle gemeinsam die Stars."

„Das hat die Pauli gesagt? Cool." Kiki grinste.

„Tja, wir brauchen also bis morgen eine Horde Reiter samt Pferden“, sagte Carmen seufzend. „Da dachte ich, ich wende mich am besten an dich, Kiki. Du warst neulich so hilfsbereit und außerdem hattest du doch Interesse an einem Statistenjob, stimmt's?“

„Stimmt. Aber was du brauchst ist eine *Abteilung*, keine *Horde*“, korrigierte Kiki die junge Frau. „Trotzdem kein Problem“, wiederholte sie. „Ich sag nur schnell meinen Freundinnen Bescheid.“ Sie drehte sich um und winkte mit beiden Händen.

Hinter dem Rosenspalier tauchten drei neugierige Gesichter auf.

„Kommt her!“, rief Kiki ihnen zu. „Euer Typ wird verlangt!“

Nachdem Kiki der Filmcrew Bente, Rebecca und Karlchen vorgestellt hatte, setzten sich die Mädchen im Halbkreis in das vertrocknete Gras rund um den Brunnen und hörten den Ausführungen des Regisseurs aufmerksam zu. Zum Leidwesen der Freundinnen war Henning Sandborg von der Maskenbildnerin „entführt“ worden. Er musste für eine Szene neu geschminkt werden und sich umziehen.

„Wow!“, hatte Bente Karlchen zugeraunt, nachdem sie dem Star die Hand geschüttelt hatte. „Kneif mich mal, damit ich aufwache!“ Ohne zu zögern, hatte Karlchen ihr so kräftig in den Po gezwickt, dass Bente laut aufjaulte. „Spinnst du? So war das nun auch nicht gemeint!“ Sie rieb sich die schmerzende Stelle und funkelte die Freundin an.

Karlchen zuckte gleichmütig mit den Schultern. „Du hast es so gewollt.“

Steffi, die quirlige Regieassistentin, hatte gekühlte Getränke organisiert, die sie jetzt großzügig anbot. Ihrem beziehungsweise Herrn Lauensteins Wunsch, den Springbrunnen einzuschalten, konnte der Schlossgärtner allerdings nicht nachkommen. Aufgrund der anhaltenden Dürre drohte das Wasser bereits knapp zu werden; die Internatsleitung achtete sorgfältig darauf, dass nichts von dem kostbaren Nass vergeudet wurde.

Herr Lauenstein nahm es zur Kenntnis und widmete sich seinem schon etwas zerfledderten, mit zahlreichen handschriftlichen Bemerkungen und Skizzen versehenen Exemplar des Drehbuchs. Mit knappen Sätzen schilderte er die für den nächsten Tag geplante Szene: „Henning fährt im offenen Sportwagen die Landstraße entlang. Er ist auf dem Weg in die Klinik. Sein Gesicht ist besorgt. Die bevorstehende Operation ist ein riskanter Eingriff. Die Patientin könnte sterben. Eine plötzliche Bewegung lenkt Henning ab. Er dreht den Kopf zur Seite. Eine Horde Reiter galoppiert über ein freies Feld."

„Es heißt Abteilung", warf Rebecca ein, „und nicht Horde."

„Pscht!", machten Kiki, Bente und Karlchen gleichzeitig.

Lutz Lauenstein hob den Kopf. „Wie bitte? Ach so. Ja, danke." Er machte einen Randvermerk und las weiter: „Die Abteilung galoppiert also ziemlich schnell über das Feld. Es sind junge Reiter, Mädchen und Jungen. Die Pferde sind bunt zusammen gewürfelt: große und kleine, schwarze, weiße und braune."

„Rappen, Schimmel, Füchse und Braune also", sagte Karlchen. Sie machte ein nachdenkliches Gesicht. „Und was ist mit Falben, Schecken, Palominos?"

Der Regisseur nahm seine Brille ab und machte ein verwirrtes Gesicht. „Wovon redest du, Mädchen? Ich verstehe kein Wort!“

„Na ja, wenn Sie sagen, dass kleine und große Pferde, Schimmel, Rappen, Füchse und Braune mitlaufen dürfen“, erwiderte Karlchen, „muss ich natürlich fragen, was mit andersfarbigen Pferden und Ponys ist. Dürfen die etwa nicht mitspielen? Ich reite nämlich zufällig einen Falben“, fügte sie hinzu. „Er heißt Snude!“

Rebecca stöhnte leise auf und musterte Karlchen, als hätte sie Zweifel an deren geistiger Verfassung. „Ich glaube nicht, dass es Herrn Lauenstein ernsthaft interessiert, wie dein verfressenes Pony heißt, Karlchen.“

„Was? Wie bitte?“ Karlchen sprang auf. „Willst du meinen Snude beleidigen?“ Sie ballte die Fäuste.

„Aber, aber, meine Damen!“ Herr Lauenstein hob beide Hände. „Bitte keinen Streit, ja?“ Er holte ein Taschentuch hervor und fuhr sich damit über die Stirn. „Erstaunlich“, murmelte er. „Ich dachte immer, Schauspieler sind schwierig. Dabei scheinen Internatsschülerinnen viel schwieriger zu sein.“ Er seufzte. Seine Assistentin kam ihm zu Hilfe.

„Ich glaube, wir machen keinen Unterschied, was die Farbe der Pferde angeht“, versicherte Steffi. „Alle dürfen mitlaufen. Je unterschiedlicher die Farben, umso bunter und telegener das Bild.“

Karlchen nickte zufrieden, als sie sich wieder ins Gras setzte und Rebecca einen Seitenblick zuwarf. „Hast du gehört? Mein Snude ist *telegen*!“

„Dürfte ich dann also fortfahren?“, erkundigte sich Herr Lauenstein leicht genervt. „Fein.“ Er nahm sein Drehbuch wieder auf. „Die Pferde lenken Henning also kurz von seinen Sorgen ab. Er fährt rechts ran und hält. Er steigt aus. Die Reiterinnen und Reiter winken ihm zu. Er winkt zurück. Schnitt. Nächste Szene Operationssaal, Klinik am Meer." Er klappte das Buch zu. „Irgendwelche Fragen?"

„Ist das alles?", fragte Bente. „Wir sollen über ein Feld galoppieren und winken?"

„Ja, das ist eure Aufgabe", antwortete Carmen anstelle des Regisseurs. „Meint ihr, dass ihr das schafft?"

„Pah, so was machen wir doch ständig!" Bente winkte ab.

„Falls du mit deinem Pferd lieber wieder einen Sprung ins kalte Wasser machen möchtest, müssten wir das Drehbuch ändern", sagte Herr Lauenstein schmunzelnd.

„Nein, nein, nur das nicht!", rief Bente entsetzt. „Aber wo wir gerade davon sprechen ... Was ist eigentlich mit der Aufnahme vom Fluss? Haben Sie Flippi und mich wirklich gefilmt?"

„Ja, haben wir. Wir hatten dort gerade eine Szene abgedreht. Es war purer Zufall, dass die Kamera noch lief."

„Und was haben Sie mit der Aufnahme vor?"

„Mit deiner Erlaubnis kommt sie in unser Archiv", sagte Herr Lauenstein. „Dort sammeln wir unveröffentlichte Szenen, Pannen bei den Dreharbeiten, witzige Episoden. Aber wenn du darauf bestehst, wird die Aufnahme von deinem Stunt selbstverständlich gelöscht. Für unsere Serie können wir die Szene leider nicht verwenden, so gut sie mir persönlich auch gefällt. Sie ist einfach zu actionreich."

„Gott sei Dank!", entfuhr es Bente. „Und ich dachte schon, demnächst können alle meinen peinlichen Auftritt im Fernsehen bewundern!"

„Nein, keine Sorge. Aber wenn du möchtest, machen wir dir eine Kopie auf Video", schlug der Regisseur vor. „Für private Zwecke."

Bente nickte. „Ja, klasse! Das wäre cool!"

Steffi machte sich eine Notiz. Herr Lauenstein stand auf.

„Gut, meine Damen. Dann sehen wir uns morgen früh", sagte er zum Abschluss. „Vergesst eure Pferde nicht. Um fünf Uhr ist die erste Probe!"

„Was? So früh?", riefen Bente und Karlchen gleichzeitig.

„Früher Vogel fängt den Wurm", war die Antwort des Regisseurs. „Da ich davon ausgehe, dass wir die Szene mehrfach drehen müssen, bevor sie sitzt, sollten wir möglichst früh anfangen. Zeit ist Geld, meine Damen." Er winkte noch einmal fröhlich in die Runde, drückte Steffi das zusammengerollte Drehbuch in die Hand und verließ mit langen Schritten den Park.

„Tja, es gibt viel zu tun, Mädels", sagte Karlchen. Sie hob die Hand. Die anderen klatschten sie ab.

„Packen wir's an!", erwiderten sie im Chor.

Am Abend saßen die Mädchen auf ihrem gemeinsamen Balkon und sprachen über den ereignisreichen Tag. Kiki hatte ihren Freundinnen von Sandborg erzählt – dass er glücklich verheiratet war, Kinder hatte ... und dass er offenbar ein ganz anderer Mensch war, als der, für den Kiki ihn gehalten hatte.

Bente machte ein nachdenkliches Gesicht. „Mir ist vorhin im Park aufgefallen, dass er in Wirklichkeit älter aussieht als auf den Fotos in den Zeitschriften und im Fernsehen. Hat er dir zufällig gesagt, wie alt er ist?"

Kiki schüttelte den Kopf. „Nein, ich glaube, sein wahres Alter hält er ebenso geheim wie sein Familienleben. Ich denke, nur so kann er noch Rollen von jüngeren Männern spielen – wie in der *Klinik am Meer* zum Beispiel. Aber ich schätze ihn so auf Anfang Vierzig. Wie mein Vater“, fügte sie seufzend hinzu.

„Krass“, fand Karlchen. Sie murmelte etwas von einem „ziemlich ollen Knacker“ und warf sich gekonnt ein paar Gummibärchen in den Mund. „Und?“, fragte sie mümmelnd. „Bist du jetzt sehr traurig?“

„Warum sollte ich traurig sein?“, fragte Kiki.

„Na, weil der olle Sandborg schon so alt und außerdem vergeben ist“, erwiderte Karlchen.

„Traurig ist wohl nicht das richtige Wort“, mischte Rebecca sich ein. „Vielleicht eher enttäuscht?“

Karlchen nickte. „Ja, genau das meinte ich!“

Kiki ließ sich Zeit mit ihrer Antwort. „Nein, ich bin nicht enttäuscht“, sagte sie schließlich, „und auch nicht traurig. Es ist mehr so, als ob ich aufgewacht wäre, versteht ihr?“ Rebecca und Bente nickten, Karlchen schüttelte verständnislos den Kopf. „Nun“, fuhr Kiki fort, „ich hatte einen Traum von Henning, eine ganz bestimmte Vorstellung, an die ich geglaubt habe. Ich hatte mir ein Bild von ihm gemacht, das nicht der Realität entsprach. Als ich ihn dann plötzlich vor mir sah, war alles ganz anders, als ich es mir in meiner Fantasie ausgemalt hatte. Er sah anders aus, sprach anders. Ich kam mir mit einem Mal ziemlich doof und naiv vor.“

„Aha“, sagte Karlchen. „Klar, verstehe.“ Ihrem Gesicht war anzusehen, dass eher das Gegenteil der Fall war.

„Aber das ist doch total normal“, meinte Bente. „Wenn

man so einen Superstar nur aus dem Fernsehen kennt, sieht man halt nur die schöne Fassade."

„Stimmt", sagte Rebecca. „Man verliebt sich in das Fantasiebild von einem Menschen, das einem von den Medien vorgegaukelt wird, aber nicht in den wirklichen Menschen."

„Geht ja auch gar nicht", sagte Kiki. „Weil man den wirklichen Menschen überhaupt nicht kennt."

„Nun kennen wir ihn ja." Karlchen stand auf und ging ins Zimmer. Das Thema war ihr viel zu verworren. „Hauptsache, er ist nett, oder?", rief sie über die Schulter zurück.

„Du hast absolut Recht, Karlchen." Kiki lachte. „Nett ist er wirklich!"

10

Wütend stampfte Karfunkel mit dem Huf auf, um kurz darauf ein ohrenbetäubendes Wiehern auszustoßen. Little Mystery wieherte kläglich zurück. Der kleine Hengst trabte am Zaun hin und her und machte ein verdrießliches Gesicht.

„Ruhig, Karfunkel, ganz brav." Rebecca klopfte ihrer Stute den Hals. „Bald bist du wieder bei deinem Sohn."

Da Rebecca keine Ahnung hatte, was auf sie und Karfunkel zukommen würde, hatte sie sich entschlossen, Little Mystery auf der Koppel zu lassen. Sie wollte das Fohlen weder überanstrengen noch gefährden, indem sie es in einer so großen Abteilung mitlaufen ließ. Denn auch ohne das junge Rappfohlen an der Seite hatten sie und die anderen Reiterinnen und Reiter buchstäblich alle Hände voll zu tun.

Rebecca warf einen Blick über die Schulter zu Kiki. Torphy wand sich wie ein Aal und machte es seiner Reiterin nahezu unmöglich, aufzusitzen. Als Kiki es endlich geschafft hatte, war ihr Gesicht knallrot vor Anstrengung.

Schnute war Karlchen soeben auf den Fuß getreten und weigerte sich nun beharrlich, seinen Huf woanders hinzusetzen. So sehr Karlchen auch drückte und schob, er stemmte sich mit seinem ganzen Gewicht gegen sie und blieb stur stehen. Bente gab ihm schließlich von hinten einen Klaps auf die Kruppe. Der Norweger machte einen erschrockenen Satz zur Seite und rempelte Snorri an, woraufhin Patricks Isländer seinem Weidegenossen herzhaft ins Genick biss. Fluchend und humpelnd brachte Karlchen die beiden Pferde mit Patricks Hilfe wieder auseinander.

Daniel hielt Mystery etwas abseits am kurzen Zügel. Das Fell des Rappschimmels glänzte dunkel vor Schweiß. Er rollte mit den Augen, schnorchelte nervös aus weit geblähten Nüstern und trat dabei unentwegt von einem Huf auf den anderen. Daniel unterdrückte den heftigen Impuls, sein Pferd einfach zurück in den Stall zu bringen und sich selbst noch ein Stündchen ins Bett zu legen. Wie die meisten der Anwesenden hatte er sich das Ganze doch etwas anders vorgestellt.

Er warf einen prüfenden Blick in den Himmel. Über dem Pferde-Internat war die Sonne aufgegangen. Hell orange und rund hing sie über dem Schloss. Am Himmel zogen ein paar zerrissene Schleierwolken. Vögel zwitscherten und begrüßten den beginnenden Tag. Es hätte ein wunderschöner Morgen sein können – wenn nicht diese lauten Rufe des Aufnahmeteams und die überall spürbare Anspannung wegen der bevorstehenden Dreharbeiten alle so überaus nervös und hektisch gemacht hätten.

„Pass doch auf, wo du hinläufst, du Blödmann!", rief eine Reiterin einem Jungen zu, der – völlig in die Betrachtung der aufgestellten Scheinwerfer und Kameras versunken – gegen ihr Pony geprallt war.

„Jungejunge, hier ist was los!" Karlchen stand auf einem Bein und stöhnte. Der Fuß tat höllisch weh. Sie war froh, dass sie durch das Leder des Reitstiefels nicht sehen konnte, wie er sich langsam grün und blau verfärbte. Sie spürte, dass er anschwoll; es puckerte und pochte sehr unangenehm. „Du, sag mal", wandte sie sich an Bente. „Du hast nicht zufällig was zu trinken dabei? Ich komme um vor Durst." Sie zog Schnutes

Sattelgurt nach, ließ die Steigbügel runter und saß auf. Wenn sie im Sattel saß, konnte sie den Fuß wenigstens ein bisschen entlasten. „Ein zweites Frühstück wäre auch nicht zu verachten. Mein armer Magen ist ganz durcheinander." Sie durchwühlte die Taschen ihrer Reithose, aber außer ein paar Krümeln eines Pferdeleckerlis war nichts Essbares zu finden. Bei den hohen Temperaturen konnte Karlchen – entgegen ihrer sonstigen Gewohnheit – keine Lebensmittelvorräte mit sich führen. Erst vor ein paar Tagen war in ihrer Jeans ein Schokoriegel glatt geschmolzen! Er hatte einen sehr unschönen, nur schwer zu entfernenden Fleck hinterlassen. Karlchen seufzte theatralisch.

„Reiß dich gefälligst zusammen", zischte Bente ihr zu. Sie fasste Flippis Zügel kürzer und saß ebenfalls auf. „Du wirst es sicher überleben, wenn du mal eine halbe Stunde nichts isst." Sie schüttelte den Kopf und stopfte eine widerspenstige Locke zurück unter den Reithelm. „Wie kannst du jetzt überhaupt ans Essen denken?"

„Karlchen denkt doch nie an etwas anderes." Kiki grinste breit. „Das wissen wir doch alle." Sie ließ ihren Blick über den Schlosshof wandern. Herr von Hohensee ging zwischen den Pferden hin und her, gab Tipps und wohlgemeinte Ratschläge und versuchte, so gut es ging, Ruhe zu verbreiten. Zur Enttäuschung des Reitlehrers kamen für die Filmaufnahmen nur junge Reiterinnen und Reiter infrage. Er hatte sich also in sein Schicksal gefügt und spielte nun den gewissenhaften Betreuer. Kiki sah, dass er genauso nervös und verschwitzt war wie seine zwei- und vierbeinigen Schützlinge.

Plötzlich fiel ihr Blick auf Patrick. Sie hatte ihren Freund seit dem Streit wegen Henning Sandborg nicht mehr gesehen.

Patrick fing ihren Blick auf. Er lenkte seinen Isländer in ihre Richtung. „Guten Morgen!“, rief er ihr schon von weitem zu.

Kiki fragte sich gerade, ob sie sich freuen oder ärgern sollte, ihn zu sehen, als er und sein Braunschecke schon neben Torphy standen. Patrick grinste.

„Ich habe vorhin mit Marlies gesprochen, du weißt schon, der Maskenbildnerin“, sagte er. „Sie hat mir etwas sehr Interessantes über deinen Sandborg erzählt!“

Kiki verschlug es fast die Sprache. Sie starrte Patrick an.

„Über *meinen* Sandborg?“, fragte sie, mühsam beherrscht.

Patrick nickte vertraulich. Er beugte sich in Snorris Sattel ein wenig zur Seite. „Ja, ich denke, du solltest es wissen“, sagte er leise. „Es wird dich sicher verletzen, aber er ist ...“

„Verheiratet“, fiel Kiki ihm scharf ins Wort. „Stell dir vor, Patrick: Das weiß ich schon lange! Henning hat es mir selbst erzählt!“

Mit Genugtuung sah sie, dass Patrick blass wurde. Er schluckte und würgte ein „Aber“ hervor. Kiki winkte lässig ab. Sie wendete Torphy und ließ Patrick und Snorri stehen.

„Er ist verheiratet und hat zwei kleine Kinder“, rief sie über die Schulter zurück. „Na und? Hast du mir noch mehr mitzuteilen?“

„Was sagt man jetzt dazu?“, fragte Patrick sein Pferd. Er legte die Schenkel an und beeilte sich, Kiki einzuholen. „Hey, bist du etwa sauer?“, fragte er mit Unschuldsmiene.

Kiki knirschte mit den Zähnen. Sie musterte ihn von Torphys hohem Rücken herab, ohne ein Wort zu sagen.

„Ja, eindeutig, du bist sauer. Stinksauer sogar.“ Patrick zog die Schultern hoch und legte die Stirn in Falten. Er sah aus wie ein bedrückter Cockerspaniel. „War echt blöd von mir, ich weiß. Entschuldige bitte, Kiki.“

Ein leichtes Zucken umspielte Kikis Mundwinkel. Patrick sah richtig süß aus. So zerknirscht und kleinlaut hatte sie ihn noch nie gesehen. Sie beschloss, ihn noch ein bisschen zappeln zu lassen, und drehte den Kopf zur Seite, als hätte sie ihn vergessen.

Patrick lenkte Snorri um Torphy herum und baute sich auf Kikis anderer Seite wieder auf. „Du, Kiki?“, fragte er verunsichert. „Sprichst du nicht mehr mit mir? Sag doch was!“

„Wie bitte? Ach, Patrick.“ Kiki schenkte ihm ein klitzekleines Lächeln. „Entschuldige, ich war mit meinen Gedanken gerade woanders.“

Patrick nahm den Reithelm ab und raufte sich die Haare. „Kiki, bitte“, stöhnte er. „Was soll ich denn tun?“ Plötzlich erhellte sich sein Gesicht, als hätte er einen Geistesblitz. Ohne zu zögern, legte er seinem Pferd die Zügel auf den Hals, zog die Beine an und stellte sich in den Sattel. Kiki hielt die Luft an. Snorri blieb stehen wie ein Denkmal. Patrick legte sich beide Hände aufs Herz und rief mit schmachtender Stimme: „Hiermit entschuldige ich mich in aller Form für mein blödes Benehmen und meine hoffentlich unbegründete Eifersucht. Verzeihst du mir, holde Maid?“

Ein paar Umstehende wurden aufmerksam und lachten.

Kiki spürte, dass sie rot wurde. „Patrick, setz dich sofort wieder hin!“, sagte sie laut, und etwas leiser: „Ja, ich verzeihe dir!“

„Patrick! Setz dich gefälligst wieder anständig in den Sattel!“, rief Herr von Hohensee entsetzt. „Hast du dir einen Sonnenstich eingefangen?“

„Nein, Chef!“, rief Patrick zurück. „Mir geht's gut: Ich bin verliebt!“

Geschickt ließ er sich zurück auf Snorris Rücken gleiten. Er lobte sein Pferd und strahlte Kiki an. Kiki zeigte ihm einen Vogel und lachte.

Rebecca und Daniel hatten von Patricks Showeinlage nichts mitbekommen. Seite an Seite saßen sie in den Sätteln ihrer Pferde und unterhielten sich. Wie immer, wenn sie so nah beieinander standen, entspannten sich Karfunkel und Mystery fast augenblicklich. Die Rappstute rieb vertrauensvoll ihren Kopf an Mysterys starker Schulter und prustete zufrieden. Rebecca strich ihr leicht über den Mähnenkamm.

„Wenn es nicht bald losgeht“, meinte Daniel, „bekommen wir noch einen auf die Mütze.“ Er zeigte zum Horizont. „Das Wetter schlägt um.“

Rebecca folgte seinem Blick. Von Westen her näherten sich immer mehr Wolken. Sie schienen sich über der Nordsee zu sammeln und zusammenzuballen. Kein Windhauch regte sich. Die Luft war schwül und stickig. „Ja, du hast Recht. Da braut sich was zusammen“, erwiderte sie. „Aber es dauert sicher noch ein paar Stunden, bis die Wolken hier sind. Bis dahin sind wir längst fertig.

„Hoffentlich“, brummte Daniel. Er nahm die Zügel in eine Hand und klopfte Mysterys Hals. „Die Erinnerung an unseren letzten Ausflug während eines Unwetters behagt mir nämlich ganz und gar nicht. Du weißt: Mystery mag kein Gewitter.“

Rebecca wusste genau, worauf ihr Freund anspielte. Vor ein paar Monaten waren er und sein Hengst während eines unerlaubten Ausritts in ein schweres Unwetter geraten und verunglückt. „Mal den Teufel nicht an die Wand, Daniel", sagte sie. „So schlimm wird's schon nicht werden. Und außerdem", sie wendete Karfunkel und lachte, „bin ich ja in deiner Nähe. Ich passe schon auf, dass dir und deinem Goldstück nichts zustößt."

„Das beruhigt mich ungemein", murmelte Daniel. Er warf einen letzten, skeptischen Blick auf die noch weit entfernte Wolkenwand und ritt hinter Rebecca her.

Als sie die anderen erreichten, unterhielt Karlchen sich gerade angeregt mit Steven, einem amerikanischen Mitschüler, der wie sie in der Rosenberger Ponysparte ritt.

„Aber selbstverständlich müssen Snude und Wilhelmine nebeneinander gehen", sagte Karlchen gerade laut. „Am besten in der ersten Reihe. Norwegische Fjordpferde gehören nämlich zu den telegensten Pferden überhaupt, wusstest du das nicht?"

Steven schmunzelte. Er saß im Sattel einer rundlichen Norwegerstute. Seine Wilhelmine und Karlchens Schnute glichen sich nicht nur wie ein Ei dem anderen – sie mochten sich auch sehr. Schnute stellte dies gerade wieder einmal unter Beweis, indem er voller Hingabe Wilhelmines falbfarbenes Fell beknabberte, was diese mit einem äußerst genüsslichen Grunzen quittierte.

Von hinten näherte sich ein rabenschwarzer Friese der Gruppe. Er wurde von einem schlaksigen Jungen geritten.

„Hallo Blacky, hallo Sven", sagte Bente lässig. „Dann sind wir wohl komplett, was?"

Sven parierte seinen Rappen genau neben Flippi durch. Er musterte Bente von Kopf bis Fuß. „Wow, siehst du heute gut aus", sagte er bewundernd.

Bente trug ein neues weinrotes Polohemd zu ihrer weißen Reithose und den blank gewienerten Stiefeln; ihre halblangen Haare hatte sie zu einem dicken Zopf geflochten und – natürlich nur wegen des besonderen Anlasses – sogar ein bisschen Lipgloss aufgetragen.

„Ach, Quatsch", grummelte Bente. „Nicht anders als sonst auch."

Sven zog den Kopf ein. Seine Wangen liefen rot an. Als Bente das sah, lächelte sie ihn an und sagte schnell: „Trotzdem vielen Dank für das Kompliment, Sven. Nett von dir."

In diesem Moment kam Bewegung in die vor dem Schloss errichtete Wohnwagenstadt des Fernsehteams. Autotüren wurden geöffnet und wieder zugeschlagen, Rufe und lautes Gelächter ertönten. Mit krachendem Getöse sprang ein Generator an. Scheinwerfer strahlten grell auf und erloschen wieder.

„Wow!", rief Patrick. „Ich glaube, es geht los!"

Von irgendwoher kam eine energische, elektronisch verzerrte Stimme: „Meine Damen und Herren! Darf ich um Ihre Aufmerksamkeit bitten? Ruhe bitte!"

Gespräche verstummten, Hälse wurden gereckt; ein Pferd wieherte, ein anderes antwortete.

Kiki stellte sich in die Steigbügel ihres Pferdes, um besser sehen zu können. Sie konnte Lutz Lauenstein erkennen, der auf einem Mauervorsprung stand und sich ein Megaphon vor den Mund hielt. Er drückte auf einen Knopf und wollte etwas sagen. Ein unangenehmes, hohes Pfeifen hallte über den Platz. Mystery legte die Ohren an und stieg. Karfunkel schlug unruhig mit dem Schweif. Schnute und Wilhelmine drängten sich erschrocken aneinander und schnaubten.

„So geht das aber nicht!“, polterte Herr von Hohensee empört los. Entschlossen bahnte er sich einen Weg durch die Pferde und schritt auf den Regisseur zu. „Schalten Sie sofort das Ding aus! Sie machen mir ja die Pferde scheu!“

Herr Lauenstein ließ das Megaphon sinken. „Wie bitte?“

„Die Geräusche, die Sie da produzieren, sind für sensible Pferdeohren nicht geeignet!“, rief der Reitlehrer ihm zu.

Der Regisseur war darüber so verblüfft, dass es ihm glatt die Sprache verschlug. Er ließ die Hand, die das Megaphon hielt, sinken und starrte den wutschnaubenden Reitlehrer an.

„Na bitte, geht doch!“ Herr von Hohensee baute sich vor Lutz Lauenstein auf, verschränkte die Arme vor der Brust und musterte abwechselnd ihn und das Megaphon. „So ist es schon viel besser. Wir wollen doch nicht, dass die Pferde durchgehen, nicht wahr?“

„Äh, nein, natürlich nicht.“ Herr Lauenstein holte tief Luft.

Herr von Hohensee beugte sich ein wenig vor und sagte vorwurfsvoll: „Wissen Sie, Pferde haben ein sehr feines, extrem ausgeprägtes Gehör. Dieses Ding da ...“, er deutete mit dem Zeigefinger auf das Megaphon, als wäre es ein schädliches Insekt, „diese ... diese Krachtüte ist eindeutig nicht das geeignete Mittel, um sich in einer Abteilung Gehör zu verschaffen.“

Lutz Lauenstein hatte sich wieder gefangen und sagte so laut, dass alle es hören konnten: „Ich bitte vielmals um Entschuldigung! Ich muss zugeben, dass ich mit den Besonderheiten des Hörvermögens von Pferden nicht sehr vertraut bin.“ Er gab Steffi das Megaphon. „Aber wie man hoffentlich hört, kann ich mich auch ohne Verstärker bemerkbar machen.“

Ein paar Reiter klatschten zustimmend. Herr von Hohensee nickte zufrieden und trat einen Schritt zur Seite.

„Fein, dann kann's ja losgehen." Der Regisseur warf einen Blick in sein Skript und sagte ein paar Worte zu den Kameraleuten. Die Frauen und Männer schulterten daraufhin ihre sperrigen Geräte und nahmen unter Kuddels Anweisungen an den von ihm markierten Punkten Aufstellung.

Auch die Leute vom Ton schleppten ihre schweren Taschen mit den Aufnahmegeräten, mehrere Mikrofone und die so genannten Galgen – die Angeln, an denen die Mikrofone aufgehängt wurden – zu den ihnen zugewiesenen Plätzen.

Im Nu hatte sich die Crew geschickt verteilt und bereitete sich an ihren Standorten auf die einzelnen Aufgaben vor. Obwohl Witze hin- und hergerufen wurden und laut gelacht wurde, lief alles ruhig und ungemein routiniert ab. Die Reiterinnen und Reiter staunten.

„Wo sind eigentlich die Stars?", fragte Karlchen Bente. „Ich hab noch keinen einzigen Schauspieler gesehen."

„Stimmt", sagte Bente. „Du hast Recht."

„Ich glaube, die werden noch geschminkt." Kiki hatte Karlchens Frage gehört und sich im Sattel umgewandt. „Seht mal, dort hinten." Sie zeigte auf ein auffälliges Wohnmobil. „Da steht ‚Maske' drauf."

„Cool!", rief Karlchen. „Ob wir auch geschminkt werden?"

„Klar, dein zartes Näschen wird bestimmt noch unter einer Packung Puder verschwinden", mischte Rebecca sich lachend ein. „Sonst ist dein Riechorgan nachher das Einzige, was man von dir zu sehen bekommt!"

Karlchen fasste sich an die Nase und machte ein entsetztes Gesicht. „Findest du echt, sie ist zu groß?"

„Nein", entgegnete Rebecca trocken. „Aber ich finde, du solltest deinen Reithelm nicht ganz so tief ins Gesicht ziehen. Sonst sieht man später im Fernsehen wirklich nichts von dem hübschen Rest."

„Ach so." Karlchen atmete erleichtert auf. „Na, wenn's weiter nichts ist." Sie schob ihren schwarzen Helm, den sie zum Schutz gegen die Sonne tief in die Stirn gezogen hatte, ein Stück zurück. „Besser so?"

„Viel besser", antwortete Steven an Rebeccas Stelle. „Du hast eine niedliche Nase, Karolin. Du musst sie wirklich nicht verstecken."

Karlchen schenkte ihm ein beglücktes Lächeln.

Herr Lauenstein klatschte laut in die Hände, um sich wieder Gehör zu verschaffen. „So, Herrschaften, Film ab! Bitte reitet ein Stück die Landstraße entlang und nehmt auf dem brachliegenden Feld Aufstellung!" Mit dem Arm beschrieb er einen weiten Bogen und wies in die ungefähre Richtung. „Bitte, benehmt euch ganz normal, als würdet ihr zu einem Ausritt aufbrechen, und bekommt keinen Schreck: Wir lassen die Kameras schon mitlaufen, um ein paar Einstellungen vorzunehmen." Er wedelte mit dem Drehbuch in der Luft. „Das sind noch nicht die richtigen Aufnahmen, Herrschaften, verstanden? Wenn es so weit ist, gebe ich euch Bescheid. Ach, noch etwas: Bitte tut mir einen großen Gefallen." Er ließ das Drehbuch sinken und musterte die Abteilung eindringlich. „Schaut *niemals* – ich wiederhole – schaut *niemals* in eine laufende Kamera! Wenn ihr ein rotes Licht seht, guckt woanders hin, okay? Seid einfach ihr selbst und vergesst, dass wir überhaupt da sind!" Der Regisseur stieß einen Seufzer aus und wischte sich mit dem Taschentuch den Schweiß von der Stirn.

„Nun entspannen Sie sich mal!", rief Karlchen ihm übermütig zu. „Wir machen das schon!" An ihre Freundinnen gewandt brummte sie: „Rote Lämpchen, so ein Stuss! Für wie doof hält der uns eigentlich? Wir sind doch keine Pawlow'schen Affen, dass wir auf irgendwelche roten Lämpchen fixiert sind!"

„Es waren keine Affen, Karlchen", sagte Rebecca sanft, während sie die Zügel ihres Pferdes aufnahm. „Iwan Pawlow, ein russischer Physiologe, hat seine beeindruckenden Experimente zur Reizauslösung mit gewöhnlichen Hunden gemacht. Er hat festgestellt, dass allein der Anblick von Speisen Magensekretion auslöst. Für die Entdeckung dieser bedingten Reflexe im Zentralnervensystem hat er 1904 sogar den Nobelpreis bekommen. Man spricht daher auch von *Pawlow'schen Hunden.* Hunde eben, die auf bestimmte visuelle Reize mit vermehrtem Speichelfluss reagieren."

Karlchen blieb vor Staunen der Mund sperrangelweit offen stehen. Kiki und Bente starrten Rebecca an und prusteten laut los.

„Wenn wir dich nicht hätten, du reitendes Lexikon!", stieß Kiki kichernd hervor. „Hat dir eigentlich schon mal jemand gesagt, dass du dich unbedingt bei ‚Wer wird Millionär?' bewerben solltest?"

Bente wischte sich ein paar Lachtränen aus dem Augenwinkel. „Dann komm, du Pawlow'sches Karlchen", sagte sie zu der Dänin. „Und bleib immer schön in unserer Nähe, hörst du? Sonst siehst du vor lauter roten Lichtern den Weg nicht mehr, starrst womöglich in eine laufende Kamera und fängst noch an zu sabbern wie die armen Kreaturen des Herrn Pawlow."

„Haha, jetzt reicht es aber!" Mit gespielt grimmigem Gesicht legte Karlchen die Schenkel an und ließ ihren Schnute vorwärts gehen. „Ich lass mich doch nicht für dümmer verkaufen, als ich ohnehin schon bin. Wer noch ein einziges Mal diesen bescheuerten Namen erwähnt, bekommt es mit dem Pawlow'schen Karlchen höchstpersönlich zu tun!" Sie knurrte und ließ über die Schulter eine Furcht erregende Grimasse sehen.

„Hey, Pawlowchen!", rief Steven hinter ihr her. „Warte auf uns!"

Er gab Wilhelmine die Zügel lang und hatte Karlchen schon bald eingeholt. Lachend trabten sie kurz darauf auf ihren Norwegern über die alte Schlossbrücke.

11

Zum dritten Mal hintereinander preschte die Abteilung an diesem frühen Morgen im Galopp über einen unebenen Acker. Die Pferdehufe rissen die trockene Erde auf. Dicke Brocken flogen in alle Richtungen. Pferde und Reiter waren in eine dichte Staubwolke gehüllt. Ein falbfarbenes, sehr rundliches Kleinpferd – es war natürlich Schnute – lief an der Spitze der Abteilung und buckelte fröhlich. Seine Reiterin lachte und fluchte abwechselnd. Ein paar der Reiter winkten hektisch in eine unbestimmte Richtung.

Auf der Landstraße neben dem Feld stand ein knallroter, offener Sportwagen. Ein gut aussehender junger Mann lehnte am Zaun und winkte zurück. Als die Staubwolke auf ihn zukam und ihn und den Lack des Wagens bedeckte, ertönte ein lauter Schrei: „Schnitt! Verdammt noch mal! Wo kommt dieser ganze Staub her? Kann man das nicht abstellen?“

Kiki hielt sich eine Hand schützend vors Gesicht und hustete. Ihre Augen brannten, ihr Hals kratzte, sie schwitzte – es war unerträglich! Sie parierte Torphy durch und warf einen Blick zur Seite, um festzustellen, dass sie nicht die Einzige war, die litt.

Reiter und Pferde waren gleichermaßen erschöpft und von den Wiederholungen genervt. Eine eklige, klebrige Schicht aus Schweiß und Staub bewirkte, dass die ehemals frische und saubere Abteilung mittlerweile etwas mitgenommen aussah.

Aus dem Stand heraus vollführte Schnute plötzlich einen letzten übermütigen Buckler und drehte sein breites Hinterteil in Richtung Kamera, als wollte er auf diese Weise demonstrieren, was er von der ganzen Angelegenheit hielt. Karlchen hatte keine Kraft mehr, sich festzuhalten. In hohem Bogen flog sie über den Kopf ihres Ponys und landete unsanft in einer harten Ackerfurche. Während sie sich mühsam aufrappelte, die schmerzende Kehrseite rieb und versuchte, Schnute mit wütenden Blicken zur Vernunft zu bringen, brummte sie unablässig vor sich hin.

Bente verstand etwas, das wie „Trinken, essen, duschen, schlafen und nie wieder in einem Film mitspielen – und zwar genau in dieser Reihenfolge!", klang. Sie grinste schwach.

„O ja, ein eiskaltes Getränk und eine lauwarme Dusche", murmelte sie. „Das wäre schön!"

„Und weit und breit kein Filmteam", fügte Rebecca verträumt hinzu.

„Nie wieder endlose Wiederholungen, laufende Kameras, blendende Scheinwerfer, schreiende Regisseure", sagte Kiki mit einem tiefen Seufzer. „Ja, das wäre wirklich traumhaft!"

Drei Köpfe fuhren gleichzeitig herum, drei verschiedenfarbige Augenpaare funkelten sie an.

„Wessen Idee war das Ganze denn, bitte schön?", fragte Rebecca giftig.

„Genau! Wer hat uns diese Suppe eingebrockt?" Bente stützte die Hände auf Flippis Widerrist. Sie sah aus wie ein müder Cowboy nach einem anstrengenden Viehtrieb.

„Wolltest *du* nicht unbedingt zum Film?", schnaufte Karlchen, während sie auf Schnutes breiten Rücken kletterte. „Und jetzt hängen wir alle mit drin. Junge, nej, wenn ich das vorher gewusst hätte." Sie fuhr Schnute mit einer Hand über den verschwitzten Hals und schimpfte ein bisschen auf Dänisch, bevor sie einen Finger hob und auf Deutsch fortfuhr: „Ich sag euch was: Lieber fünf Stunden Mathe hintereinander als fünf Minuten Statist beim Fernsehen!"

„38/3 die Vierte!", blökte in diesem Augenblick die unverkennbare Stimme des Regisseurs übers Feld. Herr Lauenstein hatte sich aufgrund der zu überwindenden Entfernung nun doch für den Gebrauch des Megaphons entschieden. Aber die Pferde waren inzwischen viel zu müde, als dass die ungewohnten Geräusche sie noch beeindrucken konnten. „Bitte, Herrschaften, jetzt muss es aber klappen! Reißt euch zusammen und bleibt beieinander! Vergesst das Winken nicht!" Er ließ das Megaphon sinken, hob es aber gleich noch einmal an den Mund. „Und *lächelt* bitte!", rief er mit Verzweiflung in der Stimme. „Auch wenn euch nicht danach ist: Lächelt und tut so, als hättet ihr eine Menge Spaß!"

Die Abteilung stöhnte geschlossen auf, wendete die Pferde und ritt gemessenen Schrittes an den Ausgangspunkt am anderen Ende des Feldes zurück.

Henning Sandborg stieg in das Cabriolet. Er winkte Kiki und den anderen kurz zu, dann startete er den Motor und drehte ebenfalls um. Als er an seiner Startposition angekommen war, gab er dem Aufnahmeteam ein Handzeichen.

„Klappe!", rief Lutz Lauenstein.

Die Aufnahmeleiterin nickte und hob eine schwarzweiße Klappe über den Kopf. „38/3 die Vierte!", rief sie laut und schlug die Klappe zusammen. „Film ab!"

„Film läuft!", rief Kuddel zurück.

„Ton läuft!", schloss sich eine Tontechnikerin an.

„Tut so, als hättet ihr eine Menge Spaß“, knurrte Karlchen. „Bei dem piept's wohl!“ Sie warf dem Regisseur einen grimmigen Blick zu – es war ihr egal, ob das rote Lämpchen leuchtete oder nicht – und streckte ihm die Zunge raus. „Wir können ja mal tauschen, du Giftzwerg!“, schimpfte sie laut. „Ich setze mich in deinen bequemen Stuhl und du hoppelst mit Snude über den Acker!“

„Karlchen!“, entfuhr es Bente erschrocken.

„Ist doch wahr!“, grummelte Karlchen. „Am liebsten würde ich ihn zu Fuß vor mir herscheuchen! Gibt's denn kein Gesetz, das angemessene Pausen für Statisten vorsieht? Ich fall vom Pferd, wenn ich nicht bald was zu essen und zu trinken kriege!“

„Du bist bereits vom Pferd gefallen“, erinnerte sie Rebecca. „Und jetzt halt den Mund und mach ein fröhliches Gesicht. Es geht los!“

„Die reinste Kinderarbeit ist das hier“, meckerte Karlchen unbeirrt weiter, während sie gequält lächelte und so tat, als hätte sie eine Menge Spaß. „Müssen wir die ausgefallenen Vormittagsstunden eigentlich nachholen?“

„Worauf du Gift nehmen kannst“, stieß Bente zwischen zusammengebissenen Zähnen hervor. Auch ihr Lächeln wirkte nicht mehr sehr natürlich. „Da kennt die Pauli kein Pardon.“

Die Abteilung galoppierte über das Feld. Die Mädchen und Jungen stellten sich in die Steigbügel und winkten. Sandborg winkte zurück und fuhr den Porsche an den Straßenrand. Er hielt an, stieg aus und winkte noch einmal. Die Reiterinnen und Reiter verschwanden hinter einer Biegung.

„Und Klappe!“, schrie Lutz Lauenstein so laut, dass man ihn sogar ohne Megaphon hören konnte. „Ja, das war gut! So wollte ich es haben. So hatte ich mir die Szene vorgestellt, genau so!" Er stand auf, klatschte in die Hände und sprang mit einem Satz über den Zaun. „Das war *perfekt*! Schnitt, Klappe, Ende, aus! Das war's, Leute! Danke schön!"

„Das war's?", fragte Karlchen verblüfft.

Der Regisseur breitete die Arme aus und stapfte übers Feld auf die Abteilung zu. „Prima, Kinder! Vielen Dank!", rief er schon von weitem. „Die Szene ist im Kasten!"

„Ich kann's kaum glauben." Rebecca ließ sich von Karfunkels Rücken gleiten, löste Kinn- und Kehlriemen und lockerte den Sattelgurt. Mit der flachen Hand fuhr sie unter das Sattelblatt. Karfunkel hatte mächtig geschwitzt. Es wurde höchste Zeit, dass sie und die anderen Pferde Wasser, Schatten und ihre wohlverdiente Ruhe bekamen.

Ihre Freundinnen machten es ihr nach, saßen ab und befreiten ihre Vierbeiner so weit wie möglich von dem verschwitzten Lederzeug. Flippi rieb ihren Kopf an Bentes weißer Hose und gähnte herzerweichend.

„Ja, meine Süße", raunte Bente ihr zu. „Gleich kannst du dich ausruhen."

„Und wir auch." Kiki hatte Torphy den Sattel abgenommen. Sie legte sich das schwere Stück über den Arm.

Patrick und Daniel kamen mit ihren Pferden heran. „Wir reiten zurück", erklärte Patrick. „Auf die paar Meter kommt es jetzt auch nicht mehr an, oder?"

„Ich reite heute keinen Meter mehr", stöhnte Karlchen.

Kiki schüttelte den Kopf. „Nee, ich auch nicht. Wir sehen uns später."

„Momentchen! Wartet bitte!", rief Herr Lauenstein, als die Abteilung sich langsam auflöste. „Wir haben auf dem Schlosshof ein klimatisiertes Zelt aufgebaut. Es gibt eisgekühlte Getränke, ein reichhaltiges Frühstücks- und Mittagsbüfett und alles, was ..." Der Rest seiner Worte ging in ohrenbetäubendem Jubel unter. Die Mädchen und Jungen, die noch nicht abgestiegen waren, wendeten ihre Pferde und ritten – allen voran Patrick und Daniel – auf kürzestem Weg in Richtung Schloss. Die anderen schulterten die Sättel, schnappten sich die Zügel und marschierten zu Fuß hinterher. Wenig später stand Herr Lauenstein einsam und verlassen auf dem leeren Feld. Er kratzte sich am Kopf und lachte. „Na, so eine Bande!"

12

Karlchen ging bereits zum sechsten Mal ans Büfett, um sich den Teller mit ausgewählten Köstlichkeiten zu füllen. Sie fühlte sich wie im Schlaraffenland.

„Bring mir bitte noch etwas von diesem leckeren Krabbensalat mit!“, rief Bente quer durchs Zelt. Sie leckte sich die Fingerspitzen ab. „Der ist ja so was von köstlich.“

„Für mich bitte ein Schälchen Erdbeeren!“, rief Kiki. „Aber mit viel Sahne!“

Karlchen deutete auf ihren fast überquellenden Teller und zeigte ihnen einen Vogel. „So viel kann ich aber nicht auf ein Mal tragen!“, rief sie zurück.

„Dann gehst du eben zweimal“, schlug Rebecca ihr vor. Sie stand neben Karlchen und konnte sich nicht entscheiden, ob sie knusprig gebratenes Hähnchen oder doch lieber Gemüse in Blätterteig nehmen sollte. Kurzerhand legte sie beides auf den Teller und kehrte zu ihrem Tisch zurück.

Kiki, Karlchen, Bente, Rebecca und ihre Freunde hatten gute Plätze an einer festlich gedeckten langen Tafel in der Mitte des großen, vollklimatisierten Zeltes gefunden – zu Karlchens Genugtuung in unmittelbarer Reichweite zum Büfett.

Zuvor hatten sie natürlich ihre Pferde und Ponys gewissenhaft versorgt und auf die Weide entlassen. Das Fernsehteam hatte den Vierbeinern eine großzügige Ladung frischer Karotten und Äpfel spendiert; die zweibeinigen Statisten wurden mit Leckerbissen anderer Art in Hülle und Fülle verwöhnt.

„Daran könnte ich mich glatt gewöhnen." Karlchen seufzte zufrieden.

„Sag nicht, dass du für ein Büfett noch einmal Statistin spielen würdest", unkte Bente. „Hast du den Stress etwa schon vergessen?"

Rebecca warf Karlchen einen prüfenden Blick zu. „In-te-res-sant", sagte sie, jede Silbe einzeln betonend. „Eine der hervorstechendsten Eigenschaften des Pawlow'schen Karlchens scheint, neben der übermäßigen Nahrungsaufnahme, die Verdrängung unangenehmer Erinnerungen zu sein. Sehr bemerkenswert."

Karlchen grinste und warf ihr ein Radieschen an den Kopf. Rebecca hob es auf und zerbiss es. „Danke, Karlchen, sehr aufmerksam."

„Störe ich?" Eine dunkle Stimme ließ die Freundinnen herumfahren. Henning Sandborg stand hinter ihnen. Er grinste.

Rebecca verschluckte sich an dem Radieschen und bekam prompt einen Hustenanfall. Daniel schlug ihr hilfsbereit auf den Rücken.

„Henning!", rief Kiki. „Setz dich doch!" Sie rutschte ein Stück dichter an Patrick heran und machte einen Platz frei. Patrick nutzte die Gelegenheit, ihr einen Arm um die Schultern zu legen. Kiki lehnte sich leicht gegen ihn und lächelte.

Sandborg sah sich aufmerksam um. „So sieht also das Leben in einem Internat aus. Ich glaube, ich muss mir noch einmal ernsthaft überlegen, ob ich meine Kinder hierher schicke." Er zwinkerte belustigt. „So etwas wie Schulunterricht scheint es hier ja überhaupt nicht zu geben. Sagt mal, lernt ihr auch mal was Anständiges? Mathe, Latein, Chemie zum Beispiel?"

„Nee, wir machen das jeden Tag so", sagte Karlchen mümmelnd. „Zuerst reiten wir, bis wir nicht mehr können, danach essen wir, bis wir platzen, und dann gehen wir ins Bett. Die Lehrer machen es übrigens genauso." Sie zeigte auf einen anderen Tisch, an dem Frau Dr. Paulus und das gesamte Lehrerkollegium saß, sich ebenfalls dem Essen widmete und dabei angeregt unterhielt. „Zensuren gibt's hier nur fürs Reiten, Essen und Schlafen. Klasse, was?"

„Ja, echt klasse", erwiderte der Schauspieler lachend. Er sah Kiki an. „Tja, eigentlich bin ich gekommen, um mich zu verabschieden. Heute war unser letzter Drehtag hier in der Gegend. Wir sind mit den Außenaufnahmen fertig."

„Das ist ja schade", sagte Kiki traurig. Die anderen am Tisch nickten. Sie alle bedauerten, dass das Filmteam abreiste und sie wieder ihrem öden Internatsalltag überließ. Trotz aller Strapazen: Es war wahnsinnig aufregend gewesen!

„Ja, und ich möchte mich im Namen der ganzen Crew bei euch bedanken." Henning Sandborg sah sie der Reihe nach an. „Für uns alle war es etwas ganz Besonderes, hier gewesen zu sein. Wir werden euch bestimmt nicht vergessen – dafür sorgen ja schon die Filmaufnahmen, in denen ihr nun verewigt seid." Er lachte. „Und wer weiß? Vielleicht kommen wir im nächsten Jahr wieder und drehen hier noch mal ein paar Szenen? Wenn *Die Klinik am Meer* weiterhin so gut läuft, gibt es bestimmt eine Fortsetzung."

„Wow!", entfuhr es Bente. „Das wäre cool!"

„Wann kommen wir denn überhaupt ins Fernsehen?", erkundigte sich Daniel. „Wissen Sie schon, wann die Folge mit uns gesendet wird?"

„Da müsst ihr leider noch ein wenig Geduld haben", erwiderte Sandborg. „Die Folge läuft erst im kommenden Herbst. Aber ihr erfahrt es rechtzeitig, keine Angst. Wie gesagt: Wir werden euch bestimmt nicht vergessen."

„Wir Sie aber auch nicht", meinte Karlchen. Sie schlug mit der flachen Hand auf den Tisch, dass die Teller klirrten, und kicherte. „Ganz besonders diesen ollen Giftzwerg nicht. Meine Güte, wie der mit dem Megaphon rumgewedelt und die Pferde scheu gemacht hat! Nej, das vergess ich im Leben nicht!"

„Das freut mich aber." Lutz Lauenstein war unbemerkt an den Tisch getreten und hatte Karlchens letzte Worte gehört. Er räusperte sich.

„Ähm", machte Karlchen, und: „Oha!"

Sie wurde knallrot.

Bente hielt die Luft an. Kiki und Rebecca unterdrückten nur mühsam einen Lachanfall.

„Darf ich mich zu euch setzen?", fragte Herr Lauenstein schmunzelnd. „Oder ist der olle Giftzwerg unerwünscht?"

Natürlich durfte er sich setzen. Karlchen erbot sich höchstpersönlich, ihm etwas besonders Leckeres vom Büfett zu holen. Der Regisseur lehnte lachend ab.

„Vielen Dank", sagte er, „aber wenn ich noch mehr esse, besteht die Gefahr, dass ich morgen nicht mehr in meine Hose passe. Und ein Regisseur, der seine Hose nicht mehr zubekommt, ist kein sehr schöner Anblick, das kann ich euch versichern. Da hilft auch kein Megaphon."

Alle lachten. Karlchen fand den „ollen Giftzwerg" aus der

Nähe betrachtet doch ganz nett. Wenigstens nach Drehschluss schien er Humor zu haben.

Der Tag war schon fast vorüber, als die meisten der Mädchen und Jungen endlich ins Schloss zurückkehrten. Ein paar von ihnen gingen noch einmal zu ihren Pferden, um nachzuschauen, ob alles in Ordnung war.

Lange hatten sie mit den Fernsehleuten zusammengesessen, sich unterhalten und viel gelacht. Unter dem Beifall aller Schüler hatte Frau Dr. Paulus Lutz Lauenstein in die Hand versprechen müssen, dass die durch die Dreharbeiten ausgefallenen Schulstunden „auf keinen Fall und nie und nimmer" nachgeholt würden.

Schließlich nahte der Abschied. Das Zelt wurde abgebaut. Die Utensilien der Crew waren längst in den Wagen verstaut. Alles war zur Abfahrt bereit.

Steffi überreichte Bente eine Videokassette mit den „privaten Aufnahmen vom Fluss", wie sie augenzwinkernd sagte.

Bevor er in seinen Wagen stieg und versprach, wiederzukommen, wann immer er in der Nähe wäre, verteilte Henning Sandborg noch ein paar Autogrammkarten zur Erinnerung.

Kikis Autogramm bekam eine ganz persönliche Widmung.

„Zeig mal her", verlangte Bente sofort. Mit langem Hals versuchte sie über Kikis Schulter einen Blick auf den Text zu werfen. Patrick machte fast Stielaugen, um zu sehen, was Sandborg geschrieben hatte.

Kiki schüttelte lächelnd den Kopf und ließ die Karte im Ausschnitt ihres T-Shirts verschwinden. „Seid nicht so neugierig", mahnte sie. „Ihr benehmt euch ja wie die Babys."

Als die Kolonne der Filmfahrzeuge langsam vom Hof rollte, blieb sie stehen und winkte noch, als schon lange nichts mehr zu sehen war.

„Kommst du?“, fragte Patrick vorsichtig.

Kiki drehte sich um. „Klar.“

Gemeinsam mit Patrick und den anderen schlenderte sie über den stillen Schlosshof und durch den Park zu den Pferdekoppeln. Leichter Wind war aufgekommen und ließ das trockene Laub der Bäume leise rascheln. Am Himmel hingen Wolkenfetzen.

„Ob's wohl noch Regen gibt?“, fragte Rebecca. Genau in diesem Moment war ein leises, noch weit entferntes Grollen zu hören.

„Ja, ja, wenn man nur vom Regen spricht“, sinnierte Karlchen, „kommt auch schon das Gewitter.“

Bente stieß ihr einen Ellenbogen in die Seite. „Stammt das von deiner Oma“, fragte sie, „oder ist das eine alte dänische Bauernweisheit?“

Karlchen wiegte den Kopf. „Tja, wer weiß das schon so genau?“, sagte sie verschmitzt. „Auf jeden Fall habe ich eben einen Tropfen abgekriegt!“ Sie hob das Gesicht und machte den Mund auf, um die ersten spärlichen Tropfen aufzufangen.

„Ah, Regen!“, rief Kiki. Sie breitete die Arme aus. „Endlich!“

Der Wind wurde heftiger, aus dem zaghaften Tröpfeln wurde ein kräftiger Sommerregen.

„Seht mal, wie die Pferde sich freuen!“, rief Bente.

Die Herde trabte dicht am Zaun entlang. Köpfe und Schweife hoch erhoben, warfen sie die Hufe auf und schienen die willkommene Erfrischung zu genießen. Little Mystery wieherte hell und drehte ein paar schnelle Runden im Galopp. Als – noch in weiter Ferne – ein Donner krachte, zuckte er zusammen und suchte Schutz bei seiner Mutter.

Auf der Hengstkoppel stand sein Vater Mystery. Still wie ein Denkmal ließ der Rappschimmel sich Staub und Schweiß aus dem Fell waschen. Als ein greller Blitz über den Himmel zuckte, bäumte er sich auf und wieherte.

„Hm, sieht nicht so aus, als hätte er Angst", wunderte sich Daniel. „Mir kommt es eher so vor, als wollte er das Gewitter herausfordern."

„Hengstmanieren", sagte Rebecca trocken. „Klarer Fall."

Auch die Ponys tobten ausgelassen über ihre Weide. Schnute zog die Nase hoch und flehmte. Es sah aus, als wollte er den Regen mit der Oberlippe auffangen.

„Ganz das Frauchen", frotzelte Bente. „Die Ähnlichkeit ist verblüffend."

Karlchen jagte sie bis zur Schlosstreppe. Außer Atem, aber glücklich, müde und zufrieden, verabschiedeten sich die Mädchen von den Jungs und verschwanden in ihren Zimmern.

Während Rebecca duschte, nahm Kiki alle Bilder von Henning Sandborg ab und stopfte sie in den Papierkorb.

„Meine Güte", sagte sie zu sich selbst, „war ich blöd!" Sie zog ihr T-Shirt aus dem Hosenbund und nestelte die mittlerweile etwas zerknitterte Autogrammkarte heraus. Kiki strich sie glatt und legte sie auf ihren Schreibtisch. „Du bekommst natürlich einen Ehrenplatz."

Als Rebecca aus dem Bad kam, stutzte sie. „Wo sind die ganzen Bilder?" Kiki deutete auf den Papierkorb. „Bist du sicher?", fragte Rebecca.

Kiki nickte. „Klar. Das ist vorbei."

Rebeccas Blick fiel auf den Schreibtisch. „Wow!", sagte sie leise. „Das ist aber was!"

„Finde ich auch!" Kiki drehte sich um und betrachtete die Widmung: „Für Kiki, ein ganz besonderes Mädchen. Ich bin stolz darauf, dich zur Freundin zu haben. Alles Liebe, dein Henning. PS: Ich freue mich schon auf die Fortsetzung!"

„Das musst du unbedingt einrahmen!" Rebecca zog eine Schublade auf und nahm einen kleinen, leeren Bilderrahmen heraus. „Hier, der müsste passen. Du kannst ihn gerne haben."

Kiki steckte das Autogramm in den Rahmen. Es passte perfekt. „So", sagte sie zufrieden. „Und jetzt gehe *ich* duschen!"

Als sie fertig war, stand Rebecca mit nachdenklichem Gesicht vor dem Terrarium und unterhielt sich mit ihren Schnecken.

„Ihr werdet mir nie verraten, warum ihr den weiten Weg von Spanien bis hierher auf euch genommen habt, stimmt's?", fragte sie seufzend.

Kiki lachte. „Wie sollten sie?"

„Eben", gab Rebecca zurück. „Mein Forschungsprojekt ist bereits im Ansatz gescheitert. Ich hätte es wissen müssen." Sie nahm ein großes Salatblatt, das sie vom Büfett stibitzt hatte, und setzte die Schnecken darauf. „Weißt du was? Ich lasse sie frei! Es war gemein von mir, sie gefangen zu halten. Draußen regnet es so schön. Speedy, Juan und Carlos werden sich bestimmt freuen, wenn die Regentropfen auf ihre kleinen Fühler klopfen."

Kiki verkniff sich eine Bemerkung über Rebeccas letzten Satz und ging zum Balkon, um Karlchen und Bente zu informieren.

„Los, kommt schnell rüber!", rief sie durch die offene Tür. „Rebecca schenkt ihren Bauchfüßern die Freiheit!"

Mit einer feierlichen Zeremonie, die durch den unablässig auf die Schirme der Mädchen prasselnden Regen auf das Nötigste beschränkt wurde, nahm Rebecca Abschied von ihren Schnecken. „Macht's gut und passt auf euch auf, hört ihr?", sagte sie, als sie Speedy, Juan und Carlos ins nasse Gras setzte.

„Und lasst euch nicht von Snude fressen!", gab Karlchen den Tieren als guten Rat mit auf den Weg. Die Freundinnen starrten sie ungläubig an. Karlchen hob die Schultern.

„Was guckt ihr so?", fragte sie mit Unschuldsmiene. „Snude kommt aus Norwegen, und Norwegen hat eine ziemlich karge Vegetation, wie jeder weiß. Damit die Fjordpferde ihren Proteinbedarf decken können, müssen sie manchmal auf ungewöhnliche Nahrungsreserven zurückgreifen. Das ist doch ganz normal."

„Karlchen", sagte Rebecca. „Du spinnst!"

Bente trat einen Schritt vor und fühlte Karlchen die regennasse Stirn. „Hm, Fieber hat sie nicht."

„Du willst uns erzählen, dass dein Pony Schnecken frisst?" Kiki schüttelte sich. „Igitt! Das ist ja eklig!"

„Stimmt", sagte Karlchen. „Eklig schon, aber gesund!"

Rebecca stellte beruhigt fest, dass sie ihre Weichtiere in sicherer Entfernung zur Ponykoppel ausgesetzt hatte. „Bis sie in die Nähe deines verfressenen Ponys kommen, ist längst Weihnachten", sagte sie. „Bei *dem* Schneckentempo!"

„Das kann natürlich sein", Karlchen drehte sich um und lief zum Schloss, „aber zu Weihnachten frisst mein Snude besonders gerne Schnecken!" Sie verschwand hinter der Eingangstür, steckte aber noch einmal ihren Kopf raus. „Aber nur solche aus Lakritz! Haha!“

Bente machte ein fassungsloses Gesicht. „Gibt es wirklich Ponys, die Lakritz fressen?“

„In der Regel eher nicht“, meinte Rebecca. „Bei Schnute halte ich das allerdings durchaus für möglich.“

Sie schüttelten ihre Regenschirme aus und betraten die Eingangshalle. Kiki warf einen letzten Blick nach draußen. Auf dem Hof glitzerten Pfützen, das Grün der Bäume sah aus wie frisch gewaschen. Die Hitzewelle war vorüber, das Filmteam weitergezogen, der Alltag hatte sie wieder.

Kiki seufzte. Nach all dem Trubel würde es in den nächsten Tagen und Wochen im Schloss sicher wieder todlangweilig werden.

Obwohl, so ganz genau konnte man in einem Internat natürlich nie vorhersagen, was als Nächstes passieren würde – und schon gar nicht in einem Pferde-Internat wie Rosenberg!

Karlchen war die Treppe hochgelaufen. Oben blieb sie stehen und breitete die Arme aus. „Pyjamaparty!“, rief sie laut. „Wer macht mit?“

Leseprobe

Gut gemacht, Lisa

Endlich darf Lisa mit ihrem Pony Star für zwei Wochen ins Reitlager. Peinlich ist nur, dass ihre Mutter auch mitkommt. Hoffentlich denken die anderen nicht, dass Lisa sich alleine nicht traut. Im Reitlager trifft Lisa die gemeine Lotta. Aber zum Glück sind da auch noch Janita, mit der sich Lisa sofort anfreundet, und Jonte, den sie richtig süß findet …

Mit Mama zusammen Reiterferien zu machen, habe ich mir echt anders vorgestellt. Bevor wir losgefahren sind, hatte ich so meine Befürchtungen, dass sie mir dauernd an den Hacken hängt und sich in alles einmischt. Und jetzt bin ich es, die auf sie aufpassen muss.

Ich fühle mich dermaßen im Stich gelassen, dass mir die Tränen in die Augen steigen. Am liebsten würde ich in mein Zimmer laufen, mir die Bettdecke über den Kopf ziehen und mich selbst bemitleiden. Aber bestimmt ist Janita da und ich habe keine Lust, ihr zu erklären, warum ich so traurig bin. Hier sind überall Leute. Nirgends habe ich meine Ruhe. Frustriert hämmere ich mit dem Kopf gegen den nächsten Baum, immer wieder.

»Was ist los mit dir? Willst du den Baum umstoßen, oder was?«, ertönt eine Stimme aus den Ästen über mir.

Ich schaue hinauf. Da oben sitzt Jonte. Anscheinend hat er Spaß daran, in Bäumen herumzusitzen und die Beine baumeln zu lassen.

»Und was machst du da oben?«, frage ich und wische mir mit dem Handrücken schnell die Tränen ab.

»Kirschen mampfen. Komm rauf und probier selbst«, ruft Jonte.

Ich bin nicht gerade gut im Klettern, aber hier sind die Äste nicht schwer zu erreichen und es ist ganz leicht, hinaufzusteigen. Kurz darauf sitze ich Jonte gegenüber und lasse ebenfalls meine Beine baumeln. Die Blätter schirmen uns gegen die Umwelt ab. Wir können die anderen sehen, aber niemand sieht uns, wenn er nicht genau unter dem Baum steht und heraufschaut. Es ist ein perfektes Versteck. Hier gibt es Kirschen im Überfluss, man braucht nur die Hand auszustrecken und sie abzupflücken. Die Kirschen sind dunkelrot und so prall und süß, dass sie auf der Zunge zergehen.

»Hast du Kummer?«, fragt Jonte, nachdem wir eine Weile stumm dagesessen und Kirschen gefuttert haben.

Ich schüttle den Kopf. Dann überlege ich es mir anders und nicke.

»Ein bisschen.«

»Wegen deiner Mutter?«, fragt Jonte. »Ich habe gesehen, wie sie und Leif mit dem Auto auf den Hof gekommen sind.«

Ich kann nicht antworten, nicke nur stumm.

»Ist doch gar nicht raus, dass sie sich in ihn verliebt«, versucht Jonte mich zu trösten.

»Das ist es ja gerade, was so ätzend ist«, antworte ich und stopfe mir ein paar Kirschen in den Mund. »Ich weiß gar nichts mehr. Aber angenommen, es ist so, dann müssen wir vielleicht schon wieder umziehen, und das packe ich einfach nicht. Außerdem ist dieser Leif ein so ekelhafter Typ. Stell dir vor, du hättest den als Ersatzvater. Ein Albtraum!«

»Dann kannst du vielleicht umsonst fliegen«, sagt Jonte unbekümmert.

»Quatsch!«, fauche ich.

Wir schweigen eine ganze Weile, essen Kirschen und lassen die Beine hängen.

»Wollen wir austesten, wer am weitesten kommt?«, fragt Jonte und spuckt einen Kern ungefähr fünf Meter weit.

Ich spucke nach Leibeskräften und komme mindestens ebenso weit. Wir müssen beide kichern.

»Jedenfalls habe ich den ganzen Geländeparcours geschafft. Ich hätte nie gedacht, dass Plutten das bringt«, sagt Jonte. »Eigentlich hätten wir für die Leistung einen Preis verdient.«

»Star auch«, sage ich.

»Star? Im Vergleich zu Plutten ist er doch das reinste Traumpony.«

»Er ist zum ersten Mal in seinem Leben über so viele Hindernisse gesprungen«, sage ich. »Dafür müsste er auch einen Preis kriegen.«

»Machst du Witze? Der ist doch gesprungen wie eine Eins«, staunt Jonte und spuckt einen Kirschkern aus, der mich beinahe an der Nase trifft.

Ich lehne mich an den Baumstamm und schließe die Augen. Es ist schön, hier oben in den Ästen zu sitzen, wie in einer ganz anderen Welt. Ein paar dicke Hummeln summen gemütlich vorbei und aus der Ferne ist Isas Gelächter zu hören. Anscheinend hat Peter etwas unheimlich Witziges gesagt.

»Du hast einen Fleck an der Backe«, sagt Jonte.

»Wo?«, frage ich.

»Ich zeig's dir«, antwortet Jonte und beugt sich vor.

Sein langer Pony kitzelt an meiner Wange und plötzlich

fühle ich seine Lippen auf meinem Mund. Das kommt so überraschend, dass ich zusammenzucke und fast vom Ast falle.

»Was machst du denn da?«, rufe ich und starre Jonte entsetzt an.

Er sieht mindestens ebenso entsetzt aus. Langsam wird er knallrot im Gesicht. Sogar die Ohren werden rot.

»En…entschuldige …«, stottert er. »Das … das wollte ich gar nicht.«

Ich bin geschockt. Dass Jonte versucht hat, mich zu küssen, ist so was von unglaublich, dass mir die Luft wegbleibt. Das war der erste Kuss, den ich jemals in meinem Leben von einem Jungen gekriegt habe. Ich hatte mir immer einen richtigen Filmkuss vorgestellt, bei dem der Held seine starken Arme um die Frau legt. Ich hätte nie gedacht, dass es so sein würde wie das hier. Schüchtern und lieb und vorsichtig. Nur eine kleine Berührung von fremden Lippen auf meinem Mund.

Wenn ich es mir genau überlege, war es gar nicht so unangenehm. Richtig schön, eigentlich. Dass er sich das getraut hat! Ich schiele heimlich zu ihm hinüber. Er lässt den Kopf hängen und sieht aus wie ein trauriger Hundewelpe. Der Ärmste, wie blöd er sich vorkommen muss.

Ohne nachzudenken beuge ich mich vor und drücke meine Lippen auf seine. Hinterher bin ich diejenige, die rot wird. Jonte sieht mich unter seinem langen Pony an und ich schaue zurück. Dann kichern wir versuchsweise und es ist ein gutes Gefühl.